Eric Malpass

Als Mutter streikte

Roman

Rowohlt

Die Originalausgabe erschien unter dem Titel
«Oh My Darling Daughter» im Verlag Eyre & Spottiswoode, London
Autorisierte deutsche Ausgabe
Aus dem Englischen übertragen von Anne Uhde
Umschlagentwurf Jürgen Wulff

156.–159. Tausend Juli 1990

Veröffentlicht im Rowohlt Taschenbuch Verlag GmbH,
Reinbek bei Hamburg, Februar 1977
Copyright © 1973 by Rowohlt Verlag GmbH,
Reinbek bei Hamburg
«Oh My Darling Daughter» © Eric Malpass, 1970
Gesetzt aus der Linotype-Garamond (D. Stempel AG)
Gesamtherstellung Clausen & Bosse, Leck
Printed in Germany
680-ISBN 3 499 14034 9

Für Blanche Malpass

I

Es war der letze Schultag meines Lebens.

Im Hause herrschte, als ich heimkam befremdliche Stille. Draußen war es drückend heiß, und wenn man an solchen Sommertagen unser Haus betrat, war es immer als tauche man in einen tiefen grünen Teich.

«Viola? Bist du es, Viola?» rief mein Vater.

Ich ging zu ihm in sein Arbeitszimmer. Er blickte vom Schreibtisch auf und sah mich prüfend an. «Sag mal, Viola, kommt dir in deinem Alter das Leben auch manchmal unbegreiflich vor?»

Ich hatte Vater sehr gern. Er hatte ein ausdrucksvolles, kluges Gesicht: die eine Hälfte wirkte immer leicht amüsiert, die andere schien fassungsloses Staunen und manchmal auch Verzweiflung auszudrücken; die eine Braue wölbte sich wie ein schützendes Dickicht über dem Auge, während die andere sich skeptisch-verwundert nach oben zog; der Mund unter dem weichen Schnurrbart hatte etwas Schiefes. Sein Haar, borstig wie eine Fußmatte, fing an grau zu werden. Er sah verdammt intelligent aus, aber in diesem Augenblick schien er bestürzt. Ich überdachte seine Frage kurz und sagte dann: «Nein, ich finde es eigentlich ziemlich unkompliziert.»

Vater setzte sich tiefer in den Lehnsessel und starrte, die Finger unter dem Kinn verschränkt, vor sich hin. «Wenn du mich fragst, Vi, dann ist es ein wahrer Dschungel.»

Irgend etwas war da nicht in Ordnung. Die auffällige Stille im Haus war verdächtig. Oft hörte man Mutter um diese Zeit Klavier spielen oder singen. Sie liebte Chopin und Bach. Auch in der Küche schienen die Waffen zu ruhen.

«Wo ist Mutter?»

Das Auge unter der hochgezogenen Braue richtete sich wie ein Scheinwerfer auf mich. «Sie ist abgehauen, ob du's glaubst oder nicht», sagte Vater kurz angebunden.

«Wie? Richtig fort – für immer?»

«So ist es, mein Kind. Sozusagen mit Sack und Pack. Ohne sich erst noch groß zu verabschieden. Ein wahrer Segen, daß du weder schön noch intelligent bist.»

«Wieso?»

«Weil du sonst womöglich auf die Idee gekommen wärst, irgendwo studieren zu wollen. Oder irgend so ein Narr hätte es sich einfallen lassen, dich heiraten zu wollen. Du wirst jetzt hier gebraucht. Du mußt dich um die Kleinen kümmern.»

Das hatte ich allerdings in meinen Plänen keineswegs vorgesehen. Ich hatte vor, jetzt, wo die Schule hinter mir lag, Mr. Chisholm von der Midland Bank zu heiraten und zehn Kinder zu kriegen, wovon allerdings weder er noch Vater bisher eine Ahnung hatten. So schnell konnte ich nicht umdenken – Vaters Tempo war mir immer etwas zu stürmisch. «Aber sie kommt doch irgendwann wieder?» fragte ich.

«Mach dir nur ja keine Hoffnungen darauf. Deine Mutter mag ja weiß Gott viele Fehler haben, aber was sie sich einmal vorgenommen hat, davon bringt sie nichts ab.»

Ich war immer noch wie vor den Kopf geschlagen. «Aber Vater – ich verstehe das nicht. Habt ihr denn Krach miteinander gehabt?»

«*Krach?* Das kann man wohl sagen. Und zwar in einer Lautstärke, daß du es eigentlich in der Schule hättest hören müssen.»

Ich schwieg eine Weile und sagte dann ohne große Überzeugung: «Sie geht doch nicht einfach fort und läßt ihre Kinder im Stich.»

«So, meinst du?» Die rechte Augenbraue schoß steil nach oben.

Er hatte natürlich recht. Mutter war einfach bezaubernd – schön und fröhlich und die lustigste Kameradin. Aber ein Teil ihres Charmes lag gerade darin, daß sie völlig unberechenbar war. Nein, ein Hausmütterchen war sie nicht gerade.

Ich zog mir einen Stuhl heran und ließ mich erst mal nieder. Mir war ganz weich in den Knien. «Und was machen wir nun?» fragte ich.

Vater zuckte hilflos die Schultern. «Ich kann Tee machen, Eier kochen, den Kamin versorgen und Betten machen.»

Diese Fähigkeiten schien er hoch zu veranschlagen. «Wenn das alles ist», sagte ich.

«Na, und was ist mit dir? Du bist ja beinahe eine erwachsene Frau.»

Das erklärte Ziel unserer Schule war es gewesen, junge Damen aus uns zu machen. «Da werden wir uns wohl um dieselben Aufgaben reißen», sagte ich. «Viel mehr habe ich nämlich auch nicht zu bieten.»

Vater sah mich verstört an. Er lehnte sich über den Schreibtisch, und seine Stimme nahm einen vertraulichen Ton an. «Und was ist mit Trubshaw? Müssen wir für den etwa noch Windeln waschen?»

«Danke deinem Schöpfer, daß du das mich gefragt hast und nicht ihn», sagte ich. «Sonst hättest du es für alle Zeiten mit ihm verdorben.»

«Jedenfalls eine Arbeit weniger. Ich –»

Irgendwo in dem still vor sich hin träumenden Haus schlug eine Tür. «Das ist sicher Perse», sagte ich. «Wir sagen es ihr am besten gleich. Niemand hängt so an Mutter wie Perse.»

Wenn Vater diesen Namen hörte, zuckte er regelmäßig zusammen. Als meine Mutter und er meiner jüngeren Schwester den klangvollen Namen Persephone gaben, konnten sie nicht ahnen, daß man ihn so verstümmeln würde. «Kannst du dir nicht endlich angewöhnen, sie Persephone zu nennen? So heißt sie nämlich.»

Die Tür ging auf, und Perse kam herein. «Wo ist Mutter?» fragte sie.

«Damit du es gleich weißt: sie ist abgehauen», bellte Vater.

Ich ging auf meine kleine Schwester zu und wollte ihr den Arm um die Schulter legen, was nicht ganz einfach war, denn sie war mit Taschen, Beuteln und Turnschuhen behängt wie ein Hutständer. Ich drückte sie in einen Stuhl. «Mit wem?» fragte sie.

«Mit niemand», sagte Vater gereizt. «Du kennst doch deine Mutter. Sie braucht niemand.»

Perse schwieg. Nach einer Weile schlug sie hilfsbereit vor: «Wie man Hummer Thermidor macht, weiß ich. Theoretisch jedenfalls.» Dann schwieg sie wieder und sagte schließlich mit dünnem Stimmchen: «Ich finde, sie hätte uns das wenigstens sagen sollen.»

«Sie hat es selbst vorher nicht gewußt», sagte Vater.

Perse saß zusammengesunken auf ihrem Stuhl, noch immer behängt mit der ganzen Schulausrüstung einer Zwölfjährigen. Ihr langes, hitzefeuchtes Haar hing ihr ins Gesicht wie brauner Seetang. Die kleinen tintenbekleckten Finger lagen rührend hilflos auf ihren Knien. Sie sah erhitzt, verstört und verloren aus. Sie stand auf. «Können wir wohl jetzt Tee trinken? Ich komme um vor Hunger.»

Ich gab ihr einen Kuß. «Lauf und wasch dich, Vater und ich machen das schon.»

Sie dampfte ab, behängt wie ein Boot mit Fendern. Arme Kleine, dachte ich, mit ihren zwölf Jahren glaubt sie alles zu wissen über die Liebe, den Dreißigjährigen Krieg und die Zusammensetzung von H_2O. Nur von der menschlichen Natur hatte sie nicht die geringste Ahnung, während ich mit meinen siebzehn zwar eine ganze Menge vom Leben wußte, aber von der Liebe weit weniger, als ich zugeben mochte. Mich hatte Mutters Fortgehen keineswegs überrascht, eher daß sie es so lange zu Hause ausgehalten hatte. Häuslichkeit war nicht ihre Stärke.

Vater sah mich verlegen an. «Ich war wohl etwas zu direkt, was?»

«Perse kommt darüber schon hinweg», sagte ich. «Sie ist zäh wie Leder. Die hättet ihr auf 'ne Jungenschule schicken sollen. Was sollen wir ihr zu essen machen?»

«Kein Problem. Pochiert oder gekocht, das ist hier die Frage.» Zufrieden stellte ich fest, daß Vater zur Praxis überging.

Wieder schlug eine Tür zu. «Das ist Trubshaw», sagte ich.

Ich hörte, wie er die Treppe hinauf ins Kinderzimmer polterte, und folgte ihm. «War's schön in der Schule?» fragte ich munter.

Er starrte mich an und schüttelte den Kopf. Trubshaw hatte, obwohl er erst ein halbes Jahr in der Schule war, schon festgestellt, daß man dort nur seine Zeit verschwendete.

«Was habt ihr heute gelernt?» fragte ich.

Er überlegte krampfhaft. «Nichts», erklärte er bündig.

Eigentlich ein Jammer, daß alle ihn Trubshaw nannten, wo er doch zwei so schöne Vornamen wie Nicholas und Anthony hatte, aber irgendwie paßte Trubshaw zu ihm. Er war pummelig, nachdenklich und ständig mit sich selbst beschäftigt. Ich hielt es für das beste, mit Erklärungen zu warten, bis er selber Mutters Abwesenheit bemerkte – falls er sie überhaupt bemerkte. Mit übertriebenen Gefühlsäußerungen war von seiner Seite nicht zu rechnen.

Im Kinderzimmer waren die Jalousien herabgelassen, schmale Sonnenstreifen flimmerten auf den Wänden. Das stille Dämmerlicht des Raums lud zum Schlafen ein. Ich stellte mir vor, wie schön es sein müßte, einfach den Kopf auf das kühle Kissen zu legen und zu weinen oder zu schlafen – oder auch beides, während draußen die Sonne sengte. Aber dazu war keine Zeit. Trubshaw war nach einem heißen Schultag so klebrig wie ein Honigtoast. Ich nahm ihn mir also erst einmal im Badezimmer tüchtig vor und ging dann mit ihm in die Küche, wo ich Vater am Werk sah. «Hartgekochte sind einfacher», sagte er. «Pochierte müssen wir uns für festliche Stunden vorbehalten. Außerdem will ich nicht alle meine Pfeile gleich zu Anfang verschießen.»

Ich schnitt das Brot, die Butter konnte sich jeder selber drauf streichen. Perse machte den Tee. Unterdessen ließ Trubshaw mit Heidenlärm zwischen unseren Beinen ein Spielzeugauto herumrasen. Wir deckten den Tisch im Eßzimmer und setzten uns. Ich goß den Tee ein, und schließlich hatte jeder eine dampfende Tasse, ein schönes braunes Ei und eine Scheibe Brot vor sich. Unsere erste Mahlzeit ohne Mutter. Vater nahm das Messer und köpfte sein Ei mit einem energischen Schlag. Zack. Eine Geste des Triumphs.

An der Haustür klingelte es. Vater sah aus wie ein Küchenchef, der das Soufflé aus dem Ofen nimmt und dabei draußen die ersten Schüsse der Revolution hört. Perse, die sich gerade ihr Brot dick mit Butter bestrich, erstarrte und sah mich voll wilder Hoffnung an. Ich schüttelte den Kopf. Nein, Unentschlossenheit gehörte nicht zu Mutters Schwächen, wie Vater schon gesagt hatte. Trubshaw kaute ungerührt weiter.

«Ich gehe schon», sagte ich.

Für einen Augenblick stand mir das Herz still, wenn auch die Ärzte einem erklären, das gäbe es nicht. Ich ging durch unsere mit blauen und roten Fliesen ausgelegte, verlassen wirkende Diele, und durch das farbige Glas der Haustür sah ich den Mond am Himmel schimmern. Das konnte nur Clifton Chisholm sein.

Mit zitternden Händen öffnete ich die Tür. Mein Mund war wie ausgetrocknet. Ich brachte kein Wort hervor. Ich konnte nur starren.

Wenn man sich den Erzengel Gabriel ohne Flügel vorstellt, dann hat man ein ungefähres Bild von Mr. Chisholm. Hinter dem Bankschalter wirkte er natürlich ganz anders, aber wenn er sonntags in der Kirche neben dem Pfarrer am Altar stand, hätte er tatsächlich zu den Himmlischen Heerscharen gehören können. Eigentlich war es eine Schande, daß er seinen Lebensunterhalt als Bankkassierer verdienen mußte und seine wunderbar schlanken, weißen Finger tagtäglich mit schnödem, schmutzigem Mammon in Berührung kamen. Der Pfarrer konnte froh sein, einen so unermüdlichen Helfer und Mitarbeiter gefunden zu haben. Mir schien freilich manchmal, als ob er das gar nicht richtig zu schätzen wußte.

Als Mr. Chisholm jetzt lächelte und mich mit einem freundlichen «Hallo, Viola» begrüßte, wurde mir ganz schwindlig.

«Hallo», brachte ich krächzend heraus.

Er kam herein und gab mir seinen Hut, wobei sich unsere Hände – nicht ganz zufällig, was mich betraf – sacht berührten. Ich legte den Hut andächtig auf den Tisch in der Diele und führte Mr. Chisholm ins Eßizmmer.

Vater erhob sich. Perse blickte gelangweilt auf. Trubshaw schlürfte schweigend seinen Tee. «Ach, das tut mir leid – ich störe Sie gerade beim Tee», sagte Mr. Chisholm. «Aber ich werde Sie nicht lange aufhalten. Der Pfarrer hat mich gebeten, bei Ihnen vorzusprechen.»

Trubshaw sah sich plötzlich um – anscheinend zählte er die Anwesenden – und fragte leicht erstaunt: «Wo ist Mutter?»

«Ausgegangen», sagte ich hastig. Dies war, weiß Gott, nicht der Zeitpunkt für ausführliche Erklärungen.

«Oh, wie schade. Und gerade ihretwegen bin ich gekommen», sagte Mr. Chisholm.

«Wo ist sie denn hin?» fragte Trubshaw und schlug mit den Absätzen gegen die Stuhlbeine.

«Nach Marrakesch», sagte Vater.

Mr. Chisholm blickte überrascht zu ihm hinüber. Man sah ihm an, daß seine Gehirnzellen fieberhaft arbeiteten. Endlich fragte er: «Dann ist sie wohl zum Sommerfest gar nicht hier, Mr. Kemble?»

«Nein – und auch nicht zum Erntedankfest – und auch nicht zur Christmette, Mr. Chisholm.»

«Ah so», sagte Mr. Chisholm. Er war offensichtlich der Ansicht, hier handle es sich um einen Fall für den Pfarrer. «Ich kann mir unser Sackhüpfen ohne sie gar nicht vorstellen», sagte er bedauernd. «Sie wird uns sehr fehlen.»

«Amen», sagte Vater, den Blick zur Decke hebend.

«Wo ist denn das, wo sie hin ist?» fragte Trubshaw.

«Marrakesch? Das ist in Marokko», sagte Perse.

«Wo ist denn Marokko?»

«In Nordafrika.»

«Und wo ist Nordafrika?»

«Ganz oben in Afrika.»

«Wo ist Afrika?»

Das konnte den ganzen Tag so weitergehen, ich kannte meinen kleinen Bruder. Und bei diesem Hin und Her steuerte mein Schwarm, mein Angebeteter bereits hilflos auf die Tür zu. Im nächsten Augenblick würde er fort sein. «Wollen Sie nicht eine Tasse Tee mit uns trinken, Mr. Chisholm?» fragte ich, der Verzweiflung nahe.

«Nein, danke schön, Viola», sagte er mit verstörtem Lächeln, aber immerhin, er lächelte. Wieder wurde mir fast schwindlig. Ich folgte ihm in die Diele, reichte ihm stumm seinen Hut und öffnete die Tür. Und hier wandte er sich zu meinem Erstaunen und Entzücken noch einmal um. «Sagen Sie es mir nur, wenn ich irgendwie helfen kann», flüsterte er mir zu.

«Danke», stieß ich hervor.

Er stand da und lächelte mir zu. Einen Augenblick dachte ich wirklich, er würde seiner Verliebtheit die Zügel schießen lassen und mir einen Kuß auf meine fiebernde Stirn hauchen, aber er tat es dann doch nicht. Immerhin – was er tat, war fast ebenso gut. Er ergriff meine Hand, betrachtete sie liebevoll und nachdenklich und drückte sie leicht. Dann ging er.

Nun – viel war es nicht, wenn man an das denkt, was man in

modernen Romanen liest, aber mir genügte es. Jedenfalls muß ich, als ich wieder ins Eßzimmer zurückkam, ausgesehen haben wie die heilige Bernadette nach einer ihrer Visionen, denn Perse musterte mich mit einem entsprechenden Blick. «Paß nur auf», sagte sie. «Miss Buttle hat schon ein Auge auf ihn geworfen.» Also, Ideen hatte diese Perse! Miss Buttle und Clifton – es war einfach zu absurd. Sie war mindestens zehn Jahre älter als er.

«Du hättest dem Ärmsten das Ganze wirklich erklären können», sagte ich zu Vater.

«Deine Mutter kann man nicht erklären», gab er zurück. «Ich – ach verdammt noch mal.»

«Was ist los?»

«Mir fällt gerade ein, daß ich morgen nach London muß. Ich bin mit einem dieser blöden Zeitschriftenredakteure zum Lunch verabredet.»

«Das macht doch nichts», sagte ich tapfer, obwohl mir gar nicht so zumute war. «Ich werde die Stellung schon halten.»

«Das meinte ich nicht. Es ist wegen der höllischen Hitze. In der Stadt wird es unerträglich sein.»

«Warum ist Mutter nach – nach Dingsda gefahren?» fragte Trubshaw. Die Mühle in seinem kleinen Kopf mahlte genauso langsam wie die des lieben Gottes, aber schließlich kam sie doch in Schwung.

«Um etwas Abwechslung zu haben, Schatz», sagte Perse.

«Im Sommer müßte London eigentlich evakuiert werden», meinte Vater. «Das wäre das einzig Vernünftige. Aber an Verstand fehlt's da ja.»

«Ich werde es schon schaffen», sagte ich. «Außerdem macht es Spaß, so Sachen im Kochbuch nachzuschlagen und alles einzukaufen und – die Stellung zu halten. Findest du nicht auch, Perse?»

«Na klar.» Perses Augen glänzten. Merkwürdig – wenn man zwölf ist, ist einem jede Abwechslung willkommen.

«Um sieben bin ich auch bestimmt zurück», sagte Vater. «Und was das Essen angeht, so braucht ihr wegen mir keine Umstände zu machen. Ein bißchen Salat oder so was genügt mir.»

Um sieben! Zehn oder zwölf Stunden lang sollte ich in diesem großen, einsamen Haus mit den beiden Kleinen allein bleiben! Ich bin nicht besonders mutig; Verantwortung macht mir Angst.

Ich war überzeugt, Vater brauchte nur den Rücken zu kehren, und Trubshaw würde die Treppe herunterfallen und sich ein Bein brechen, Perse würde mir erzählen, sie sei schwanger, und der Hausbock im Gebälk würde das Dach über uns zum Einsturz bringen.

Der Hausbock gehörte nämlich untrennbar zu unserem Alltag, genau wie der Holzwurm und der Schimmelpilz.

Unser Haus, das alte Pfarrhaus von Shepherd's Delight, war ein Überbleibsel aus der Zeit der Zinkbadewanne und der Wäschemangel. Jeder Modernisierung trotzte es aufs feindseligste. Die Anfang der zwanziger Jahre gelegten elektrischen Leitungen waren längst verrottet, und an den überraschendsten Stellen der Wände konnte man sich einen Schlag holen. Wir waren froh, wenn das Licht überhaupt noch brannte. Gasgeruch durchzog wie ein ruheloser Geist das ganze Haus; nicht einmal die Leute vom Gaswerk wurden seiner Herr. Das Wasser in dem gigantischen, verrosteten Tank nahm keinerlei Notiz von dem elektrischen Gerät, das es aufheizen sollte. Das Badezimmer, riesig und ungemütlich wie ein Wartesaal, war mit einer überlebensgroßen, häßlich verfärbten Badewanne ausgerüstet, mit scheußlichen braunen Rinnspuren unter den Wasserhähnen. Wenig moderne Häuser können sich rühmen, ein Wohnzimmer von der Größe unserer Toilette zu besitzen. Die Zimmer waren hoch, kahl und kalt. Das Haus muß vor Urzeiten für eine Familie von drei Meter langen Riesen gebaut worden sein, und selbst Mütterchen Kirche hatte schließlich nichts mehr davon wissen wollen. Als der Immobilienmakler es endlich an meine Eltern loswurde, muß er dem Himmel auf Knien gedankt haben.

Mutter hat immer den Eulen die Schuld an diesem Kauf zugeschrieben. Als nämlich der Makler ganz ohne Hintergedanken beiläufig erwähnte, daß sich Käuzchen im Garten aufhielten, horchte Vater plötzlich auf und sagte: «Käuzchen? Ich höre für mein Leben gern Käuzchen in der Nacht rufen. Du nicht auch, Clementine?» Plötzlich wurde aus nörgelnder Kritik begeisterte Zustimmung. (Jahre später saß der Makler einmal auf einer Gesellschaf neben meiner Mutter und erzählte ihr, die alte Pfarre sei das einzige Haus gewesen, das er der Käuzchen wegen an den

Mann gebracht habe; so etwas sei ihm nie wieder gelungen.)

Früh am nächsten Morgen stand ich in unserer alten, riesigen Küche und besah mir die Requisiten meiner neuen Tätigkeit: den steinernen Ausguß, den wenig vertrauenerweckenden Gasherd, den altertümlichen Spültisch. Gestern hatte ich die Schule verlassen und von Mr. Chisholm, Hochzeitsglocken und Kindern geträumt, von Musik und Büchern, von neuen Freunden. Gestern war ich zum letztenmal mittags mit dem Bus nach Hause gefahren. Zum letztenmal hatte ich mich auf den freien Platz neben Miss Buttle gesetzt, die sich wie immer darüber freute. Als Tochter eines Schriftstellers gehörte ich für Miss Buttle zu den gehobenen Kreisen.

«Hallo, liebes Kind», hatte sie gesagt, ihre Sachen zusammengerafft und sich ganz schmal gemacht, um mir mehr Platz einzuräumen. «Geht es so? Ja, also für dich fängt ja nun ein neues Leben an. Und wie soll es aussehen? Heirat und Kinder? Oder Studium und Beruf?» Sie lachte fröhlich.

«Heirat und Kinder, hoffe ich», sagte ich.

Sie legte ihre kleine, weiche Hand auf meinen Arm. «Sehr vernünftig, mein Kind, sehr vernünftig. Denn schließlich sind wir Frauen, ob wir es nun mögen oder nicht, nun einmal dafür bestimmt», sagte sie und lachte. Und als wir ausstiegen, hielt sie mir die Hand hin und sagte mit ernster Stimme: «Du weißt gar nicht, Kind, wie sehr ich dich beneide.» Sie seufzte. «Die ganze Welt gehört dir.» Dann trippelte sie davon zu ihrer Wohnung über dem Krämerladen. Arme Miss Buttle.

Das war gestern gewesen. Als ich jetzt wieder daran dachte, fragte ich mich, ob sie mich auch heute noch beneiden würde.

Es versprach wieder ein herrlicher Sommertag zu werden. Ich öffnete die Küchentür zum Garten, und von draußen wehte mir die frische Morgenluft den Duft der Blumen entgegen, die Bienen summten schon in den Sommerastern, und die Sonne schien mir köstlich warm auf Stirn und Wangen. Ich dachte an die weißen Londoner Häuser, die durch das Grün der Bäume schimmerten, an die Enten im St. James Park, an die Schiffe, die emsig tutend die Themse hinauf- und hinunterfuhren.

Vater kam in die Küche. «Nimm uns doch mit nach London», sagte ich und sah ihn mit einem, wie ich hoffte, unwiderstehlichen Blick an. (Ich habe zu lange Beine und bin nicht besonders hübsch, aber dafür habe ich, wie ich mir immer einrede, die melancholische Blässe der Frauen auf präraffaelitischen Bildern.)

«Herr im Himmel», sagte Vater. «Ich muß doch mit diesem Kerl da essen.»

«Das macht nichts. Ich könnte ja mit den Kleinen zu Lyons zum Essen gehen.»

Vater setzte den Kessel auf. «Nein, der soll man dran glauben – er hat mir nichts für meinen letzten Artikel bezahlt und wird sich wohl weiter drum drücken. Der soll uns alle mal schön zum Essen einladen.»

2

«Ich hoffe, Sie haben nichts dagegen, Lancelot», sagte Vater, «aber ich habe meine Brut mitgebracht.»

Der Zeitschriftenknabe blickte uns angewidert an. Besser gesagt: er blickte Perse angewidert an, und vor allem Trubshaw, für mich brachte er dagegen ein gewisses spekulatives Interesse auf. Er hatte ein dünnblondes Bärtchen, Vogelaugen, und bei dem Gedanken, daß er mich je anfassen könnte, bekam ich eine Gänsehaut.

«Tut mir leid», sagte Vater, «unser Haushalt ist ein bißchen durcheinandergeraten. Meine Frau hat mich gestern verlassen.»

«Schon recht, mein Lieber, aber eigentlich wollte ich Sie mit in den Club nehmen.»

«Die Kinder sind selig bei Spiegeleier und Speck», sagte Vater.

Wir gingen in ein kleines Restaurant in Soho, wo sich Perse sofort Hummer Thermidor bestellte, und sie betonte dabei, daß sie das nur bestellte, um auszuprobieren, ob sich die Mühe lohne, was, wie sie später lauthals verkündete, nicht der Fall sei. Der Zeitschriftenknabe wollte sich neben mich setzen, aber ich traute seinen Knien nicht und manövrierte ihn auf einen Stuhl zwischen Perse und Trubshaw – selten habe ich jemanden gesehen,

17

der ein so gequältes Gesicht zog. Er unterhielt sich mit Vater über klotzige Honorare, über moderne Trends in der Literatur und Vorabdrucksrechte und Virginia Woolf. Ich beobachtete ihn und dachte an Clifton: *er* hätte gern neben mir Platz nehmen dürfen.

Vater gehörte zu den Schriftstellern, die selten etwas anderes als kurze Beiträge für Zeitschriften schreiben und häufig noch nicht einmal ein Honorar dafür sehen, denen es aber dabei recht gut geht und die wie Foyles' Buchladen und die literarische Beilage der ‹Times› aus dem literarischen Leben Englands nicht wegzudenken sind. Er hätte mit einer ganzen Schulklasse anrücken können, ohne daß dieser Lancelot protestiert hätte. Das hieß natürlich nicht, daß er es als Vergnügen empfand. Seine Zeitschrift erlaubte keine großen Spesen, und der Anblick, wie Perse gelangweilt ihren Hummer verspeiste und Trubshaw angewidert die Krabben aus seinem Krabbencocktail fischte und auf dem Tellerrand placierte, mußte seinen Genuß an der Seezunge nach Müllerin Art erheblich beeinträchtigen. Doch auch diese Mahlzeit nahm ein Ende, er bot Vater eine Zigarre an und beglich die Rechnung. Dann streckte er ihm die Hand hin. «Wiedersehen, Kemble. War mir alles sehr interessant. Sehr interessant, wirklich.» Dann fiel ihm etwas ein. «Sagen Sie mal, haben Sie nicht vorhin gesagt, Ihre Frau habe Sie verlassen?»

«Ja», sagte Vater.

«Wie überaus ärgerlich, aber das kann ja schließlich jedem von uns passieren, nehme ich an.» Dann wandte er sich mir zu. «Auf Wiedersehen. Und versprechen Sie mir: wenn Sie das nächste Mal in London sind, müssen Sie mich unbedingt in der Redaktion besuchen.»

«Danke», sagte ich. Mir war, als schüttelte ich einem Tintenfisch die Hand. Er lächelte Perse flüchtig an und nahm von Trubshaw überhaupt keine Notiz, der allerdings auch von ihm keine nahm, und eilte davon.

Vater streichelte Perse übers Haar und sagte: «Gut gemacht. Jeder Bissen von dem Hummer hat bestimmt fünf Shilling gekostet.» Er nahm die Zigarre aus dem Mund, betrachtete sie prüfend, steckte sie wieder in den Mund und zog bedächtig und genießerisch daran. «Mit diesem Lunch dürften wir den Artikel als bezahlt ansehen. Und was machen wir jetzt?»

Wir gingen den Piccadilly hinunter. Für einen Schriftsteller ist Vater erstaunlich konformistisch; wenn er nach London fährt, zieht er immer einen dunklen Anzug an, setzt seinen steifen Hut auf und nimmt den eng zusammengerollten Regenschirm mit. Wenn ich ihn so betrachtete, seinen charaktervollen Kopf, die dicke Zigarre, dann mußte ich zugeben, er sah irgendwie bedeutend aus, und als wir in die Old Bond Street einbogen, nahm ich seinen Arm und hatte das Gefühl, das Leben sei vielleicht doch so reich und schön, wie ich es mir bisher vorgestellt hatte. Ich tat so, als ob meine Geschwister gar nicht zu uns gehörten; Perse schlurfte zwei Schritte hinter uns und sah aus wie Das-Kind-mit-dem-die-anderen-nicht-spielen-Durften. Trubshaw trödelte verdrossen hinter uns her. Ich zog die Augenbrauen hoch und blickte hochmütig in die Auslagen der Geschäfte, als suchte ich nach irgend etwas Exquisitem, das meinem verwöhnten Geschmack angemessen wäre.

Luxus und Pracht der Auslagen faszinierten mich. Im Geiste sah ich meinen Rolls Royce herangleiten und anhalten: der Chauffeur sprang heraus, um mir den Schlag zu öffnen, und in elegantem Pelz nahm ich im Wagen Platz. Ich ertappte mich bei dem Gedanken, ob es nicht vielleicht viel interessanter wäre, das luxuriöse Leben einer Mätresse zu führen statt einen kleinen Bankangestellten zu heiraten.

Eine Dame kam auf uns zu. Sie trug ein schickes, buntgemustertes Sommerkleid, elegante Sandaletten und eine riesige Sonnenbrille. Ihre Haut war tief gebräunt – sie war die leibhaftige Verkörperung dieser Sommertage.

Ich schmiegte mich noch enger an Vater und gab mir Mühe, so auszusehen, als stamme mein Kleid von Dior und nicht aus dem Versandhaus. Die Dame kam näher, und zu meinem höchsten Erstaunen blieb Vater plötzlich stehen. Er nahm die Zigarre aus dem Mund und den Hut vom Kopf. «Aber ist es denn die Möglichkeit», sagte er. «Gloria, hinter der verdammten Sonnenbrille bist du ja kaum zu erkennen.»

Sie nahm die Brille ab und lächelte uns strahlend an, erst Vater, dann mich. «Hallo, Harry», sagte sie.

Abgesehen von meiner Mutter war sie gewiß die schönste Frau, die ich je gesehen hatte. Sie war eine Frau von weicher, ja träger

Schönheit, und als ich sie betrachtete, wußte ich, daß ich niemals schön sein würde. Und wenn je ein Mann mich lieben würde, dann ganz bestimmt nicht wegen meines Aussehens.

«Das ist meine Tochter Viola», sagte Vater.

«Ah», sagte Gloria, als habe er eine unausgesprochene Frage beantwortet.

«Und das hier ist Persephone, und das ist Trubshaw.»

Ich warf einen Blick auf Trubshaw. Und im gleichen Augenblick wünschte ich mir, die Erde tue sich auf und verschlänge mich. Die Höllenqualen da unten konnten nicht schlimmer sein als das, was mir in diesem Augenblick widerfuhr.

Trubshaw schien sich in der Hitze langsam aufgelöst zu haben. Die Kniestrümpfe waren ihm bis auf die Knöchel heruntergerutscht, die Hose hing auf Halbmast und ließ ein stattliches Stück Bauch sehen, das Hemd hatte sich bis zu den Achseln hochgeschoben, und sein brummiges Gesicht war so erhitzt und rot wie das eines Bauern bei der Heuernte.

Ich tat mein möglichstes. Aber wenn es mit Trubshaw erst so weit war, dann half nur noch das Badezimmer und frische Kleidung.

Und das war noch nicht alles. Nur Trubshaw konnte es gelingen, in der Old Bond Street ein Eis am Stiel aufzutreiben.

«Wirklich süß, nicht –» sagte Gloria und wich etwas zurück. Trubshaw betrachtete sie gleichgültig und leckte an seinem Eis, wobei er die Zunge so ungeniert herausstreckte wie eine Kuh an der Salzlecke.

Gloria sagte zu Perse: «Du benutzt den falschen Lidschatten, Kind. Versuch es mal mit einem helleren Ton.»

Vater sah Perse entsetzt an. «Wirklich, Perse, du siehst aus, als hättest du vier Wochen nicht geschlafen.»

Perse schob die Unterlippe vor, doch bei mir fand sie kein Mitleid. Vielleicht war ich altmodisch, aber zwölf erschien mir reichlich jung für Lidschatten. Ich hatte das in ihrem Alter nicht gemacht.

Wir schlenderten die Straße hinab. Gloria hatte sich auf der anderen Seite bei Vater eingehakt. «Wo ist denn Clementine?» fragte sie.

«Sie hat ihre Zelte abgebrochen», sagte Vater.

Verwirrtes Schweigen. «Wieso – was meinst du damit?» sagte Gloria dann.

«Es wäre gelogen, wollte ich behaupten, sie habe sich heimlich davongeschlichen», erklärte Vater darauf. «Ein Expreßzug, der im Tunnel verschwindet, träfe die Sache schon eher.»

Gloria überlegte einen Augenblick. Dann blieb sie stehen, nahm die Sonnenbrille ab und sah Vater fragend an. «Willst du damit sagen, daß sie dich verlassen hat?»

«Ja, das wollte ich damit allerdings zu verstehen geben.»

«Also ja?»

«Also ja.»

«Das wundert mich nicht. Eher wundert es mich, daß sie es so lange ausgehalten hat.»

Vaters Stimme klang leicht gekränkt. «Na weißt du – ich habe sie ja nicht gerade geschlagen.»

«Ach, *dich* meine ich doch nicht, Harry. Ich meine diese ländliche Gegend. Ich war ja mal dort. Nichts als Gegend, meilenweit, wie in der Sahara, und weit und breit keine Ortschaft.» Sie sah ihn mit weitgeöffneten Augen an. «Meinst du, sie kommt zurück?»

«Das wage ich zu bezweifeln.»

Gloria schluckte. Wir gingen weiter, und Vater erkundigte sich: «Wie geht's mit der Boutique?»

«Gar nicht, lieber Harry.»

Vater sah sie verblüfft an. «Was soll das heißen, gar nicht?»

«Ja, weißt du, ich mußte sie schließen. Ich hatte wirklich ganz himmlische Sachen und verkaufte sie auch an himmlische Leute, es war eigentlich alles ganz himmlisch, nur die geschäftliche Seite hat dabei nicht geklappt.»

«Vermutlich hast du keinen Gewinn gehabt, was?»

«Ja, so war es mehr oder weniger, Harry. Aber es war doch zu blöde, deshalb schließen zu müssen, bloß deshalb.»

«Sehr blöde», sagte Vater. «Und was machst du jetzt?»

«Eigentlich gar nichts», sagte sie kleinlaut. «Ist das schlimm?»

«Na, wovon lebst du denn?»

«Ja, eigentlich immer noch von der Boutique, nämlich von dem, was ich für den Firmennamen und den Goodwill bekommen habe.»

21

«Na, soviel wird das ja nun auch wieder nicht sein.»

«Nein, Lieber, war es auch nicht. Es hat nur bis letzten Mittwoch gereicht.»

Vater war ganz entsetzt. «Soll das etwa heißen, daß du völlig blank bist?»

«Oh, so blank nun auch wieder nicht, Harry. Die Bank löst meine Schecks immer noch ein, und die werden ja wissen, was sie tun, oder?»

«Also wirklich», sagte Vater, «ich mag gar nicht daran denken, daß ein so schwachsinniges und dabei so bezauberndes Geschöpf wie du frei in London herumläuft.» Er sah sie kopfschüttelnd und gleichzeitig besorgt an.

Es schien ihr nichts auszumachen, daß er sie schwachsinnig nannte. Oder vielleicht hatte sie das überhört, weil er sie bezaubernd nannte. Ich hätte es in diesem Fall überhört.

«Ich muß jetzt weiter», sagte sie und hielt Vater die Wange zum Kuß hin. «Paß auf, daß du nicht mehr so viel wächst, das ist nicht gut für die Haltung», sagte sie, als sie mir die Hand zum Abschied gab. «Und denk an den Lidschatten, mein Kind», sagte sie zu Perse. Auf Trubshaw warf sie noch einen letzten Blick, murmelte: «Süß», winkte noch einmal und verschwand in die Clifford Street.

«Wer war das?» fragte ich.

«Gloria Perkins», sagte Vater. «Eine alte Freundin deiner Mutter.»

«Sie ist wirklich wunderschön», sagte ich nachdenklich. «So schön wäre ich auch gern.»

«Mein armes Kleines, das möchten wohl viele», sagte Vater liebevoll. Er meinte es sicher gut, aber irgendwie deprimierte mich das. Auf der Heimfahrt sagte ich dann: «Mir gefällt sie. Sehr sogar. Aber ich glaube nicht, daß sie besonders intelligent ist.»

«Wer?»

«Gloria.»

Vater verlangsamte das Tempo und lehnte sich zurück. «Bei einem Mädchen wie Gloria», sagte er halblaut, und sein Blick hatte etwas Verträumtes, «wäre jeder Anflug von Intelligenz ein Makel.»

3

Vater hatte jetzt auf einmal recht häufig in London zu tun. Mein Pech. Solange Mutter noch da war, war er nur selten dorthin gefahren. Und jetzt plötzlich, wo ich mich um alles zu kümmern hatte, fuhr er oft zwei- bis dreimal in der Woche.

Immerhin, es ging schon besser. Ich hatte das Repertoire meiner Kochkünste um Schollen mit Kartoffelchips bereichert; manchmal ging ich auch in den verwilderten Garten und pflückte halbwilde Früchte, die ich zusammenkochte. Das ergab ein sauersüßes Gemisch, das Trubshaw herrlich fand. Im Garten träumte ich oft von dem Haus, in das ich eines Tages mit Clifton Chisholm einziehen würde. Es sollte genauso einen großen, verwahrlosten Garten haben wie die Pfarre hier. Und ich wollte dann darin herumgehen und Früchte pflücken für meine Lieben, und abends brachte ich Clifton in der Kühle des Hauses sein Essen, und der Sommer ginge nie zu Ende. Ich träumte den ganzen Tag, sogar wenn ich Scholle mit Kartoffelchips zubereitete. Mein Freund komme in seinen Garten, dachte ich, und esse von seinen edlen Früchten. Denn wenn ich auch sonst nicht übermäßig bibelfest war: das Hohelied Salomos kannte ich.

«Viola!» Das war mein Vater.

Ich ging hinüber in die dunkle Kühle seines Arbeitszimmers. «Komm, Kind, setz dich», sagte er freundlich.

Ich horchte auf. Vater ist immer lieb und nett, aber im allgemeinen nicht ganz so zuvorkommend. Er beschäftigte sich eingehend mit seiner Pfeife. Dann sah er mit seinem immer ein wenig schiefen Lächeln zu mir herüber. «Ich mache mir Sorgen um dich, Vi.»

Mein Staunen wuchs. Ich wußte aus Zeitschriften, daß sich viele Eltern heutzutage um ihre halberwachsenen Töchter sorgten. Aber meinetwegen brauchte sich nun wirklich niemand den Kopf zu zerbrechen, ich saß fest in der Küche und noch dazu auf dem Lande. Ich dachte nach. Nein – mein Gewissen war rein.

Vater zündete seine Pfeife an und drückte den Tabak mit dem Finger fest. «Wie alt bist du jetzt, Viola?»

«Siebzehn.»

«Siebzehn.» Er seufzte. «Mit siebzehn – da müßtest du tanzen, Tennis spielen, ausgehen. Und was tust du statt dessen?»

Ich schwenkte das Scheuertuch. «Scheuern. Aber das macht nichts, Vater. Es geht ja auch gar nicht anders. Wo Mutter –»

«Das muß anders gehen», sagte er. «Ich will nicht, daß du hier versauerst.»

Bei Vater waren das neue Töne, ich wußte gar nicht, was los war. «Eine Putzfrau kriegen wir doch nicht», sagte ich. «Das hat Mutter schon oft vergeblich versucht.»

Er nahm von neuem seine Pfeife in Angriff. Das eine Auge – das ich bei mir immer das denkende Auge nannte – blieb im Schatten des Dickichts, aber das andere blickte mich prüfend an. «Mir schwebt auch keine Putzfrau vor», sagte er, «sondern eine Haushälterin. Oder doch jedenfalls jemand, der sich um alles kümmert und dir die Arbeit etwas erleichtert.»

«Das ist schrecklich lieb von dir, Vater», sagte ich, tief gerührt. «Aber es ist wirklich nicht notwendig.»

«Doch, es ist notwendig, mein Kind», sagte er bestimmt. «Du hast viel zuviel Arbeit, das geht nicht. Außerdem ist schon alles abgemacht. Morgen kommt sie.»

«Wer?»

«Gloria Perkins.»

Ich war sprachlos. Gloria Perkins – und da hatte er von einer Haushälterin gesprochen. Einen Augenblick lang dachte ich tatsächlich, ob Vater etwa – aber nicht bei meinem Vater. Ich schämte mich über meine Gedanken.

Ich ging zu ihm und gab ihm einen Kuß, und er strahlte. «Danke, Vater», sagte ich. «Du bist sehr lieb. Kann sie denn kochen?»

«Also, das weiß ich nicht», sagte er.

Merkwürdig, daß er sie nicht danach gefragt hatte. Aber Männer haben keinen Sinn fürs Praktische, das ist ja allgemein bekannt.

Persephone war schon seit Monaten in Harold Wilson verknallt, und in ihrem Zimmer war jeder Zentimeter an den Wänden mit Bildern von ihm tapeziert. Ich ging hinein und fand sie lesend auf dem Bett. «Du brauchst dir gar keine Hoffnungen zu machen», sagte ich. «Er ist viermal so alt wie du und außerdem verheiratet.»

Sie las weiter.

«Ich hab eine Neuigkeit für dich», sagte ich.

Sie sah mich erwartungsvoll an.

«Vater hat Gloria Perkins gebeten, uns den Haushalt zu führen.»

«Der alte Bock», sagte Perse.

«Perse!» rief ich. Ich war ehrlich entsetzt.

Perse warf mir einen seltsamen Blick zu und nahm dann ihr Buch wieder auf. Es war Keats. Wie konnte jemand Keats lesen und so eine schmutzige Phantasie haben! Ich ging zur Tür. «Perse!» sagte ich.

Sie blickte auf. «Perse», sagte ich und versuchte, meiner Stimme einen überlegenen Ton zu geben. «Du glaubst doch nicht im Ernst —?»

Sie starrte vergnügt an die Decke. Dann sagte sie triumphierend: «Ich bin bestimmt die einzige in unserer Schule, deren Vater ein Verhältnis hat.» Und während die Augen schon zurückwanderten zu ihrem Buch, fügte sie hinzu: «Ha – was für ein Statussymbol.»

4

Shepherd's Delight hängt wie ein Nest in den Kalksteinhügeln: es ist ein grauer, sauberer und luftiger kleiner Ort. Die Leute aus dem nördlichen England fühlen sich hier zu Hause und können sich die Lungen mit frischer Luft füllen. Aber für den Londoner ist es der eisige Norden.

Und es ist verteufelt umständlich, hierher zu reisen. Gloria sah jedenfalls bei ihrer Ankunft so aus, als sei sie rückwärts durch eine Hecke gekrochen.

Ich begrüßte sie an der Tür, nahm ihre beiden Hände und gab ihr einen herzlichen Kuß. «Gloria – wie lieb von dir, daß du gekommen bist und uns helfen willst. Komm, gib mir deinen Koffer, ich bring dich nach oben. Du wohnst im Schimmelzimmer.»

Sie folgte mir schweigend, und ich sagte: «Vater arbeitet bis fünf. Aber den brauchen wir ja im Augenblick auch nicht.» Wir stiegen die Treppe hinauf, die bedenklich knarrte. «Du bist sicher eine phantastische Köchin», sagte ich.

Sie sah mich stumm und verblüfft mit ihren großen Augen an. Kuhaugen, dachte ich. Man hatte bei Gloria das Gefühl, daß sie Gedanken und Worte brunnentief aus sich herausholen mußte. Endlich meinte sie: «Gulasch kann ich jedenfalls kochen.»

Ich zeigte ihr das Zimmer. Abgesehen von den Schimmelflekken war es ein hübscher Raum: ein chintzbezogener Frisiertisch, Messingbett und ein Nachttisch, auf dem die ‹Anatomie der Melancholie› von Burton und ein Almanach von 1952 lagen. Gloria lächelte mich nur freundlich an.

«Komm runter, wenn du fertig bist», sagte ich. «Hier ist das Badezimmer – das Wasser ist knapp lauwarm, wärmer wird es nie. Und hier ist das Klo – man muß stark ziehen, dann geht's.»

Damit verließ ich sie. Sie brauchte eine Stunde, um die Schäden zu reparieren, die Eisenbahn und Autobus ihrem Äußeren zugefügt hatten; doch die Zeit war gut angewandt, das sah ich, als sie dann herunterkam. «Das Klo ist aber mal groß», sagte sie. Es war der einzige Kommentar zu unserem Haus, den sie jemals von sich gab, aber in gewisser Weise war damit ja auch alles Wesentliche gesagt.

Ich ging mit ihr zu Perse, die ihre Wasserfarben hervorgeholt hatte und sich die Fußnägel anmalte. «Na, ihr kennt euch ja», sagte ich. «Gloria will sich von nun an um uns kümmern.»

«Prima», sagte Perse. «Dann kann sie mir bei meinem Make-up helfen.»

«Hallo, Kleines», sagte Gloria. Sie ging im Zimmer umher und besah sich die an die Wand gehefteten Bilder. «Wer ist denn dein Boyfriend?»

«Harold Wilson», sagte Perse.

Gloria sah sie verständnislos an. «Der Premierminister», sagte ich.

«Er kam mir auch irgendwie bekannt vor», sagte Gloria.

Darauf gingen wir zu Trubshaw, den wir im Keller aufstöberten. Er hatte sich Hände und Gesicht mit feuchtem Kohlenstaub eingeschmiert. «Ich spiele Nigger», sagte er stolz.

Ich war entsetzt. «Wo hast du das gräßliche Wort her, Trubshaw?»

«Ist das denn ein unanständiges Wort? So wie Scheiße und –?»

«Nein, nein», sagte ich hastig. «Aber wenn du ein kleiner Farbiger wärst, möchtest du doch auch nicht, daß die Leute dich Nigger nennen, nicht wahr?»

«Warum nicht?»

Es ist nicht einfach, Kindern das Rassenproblem zu erklären. Ich fragte Gloria: «Wir müssen ihn waschen – hast du Lust, mir zu helfen?»

«Ach, weißt du – eigentlich nicht.»

Na ja, sie war ja auch schließlich als Haushälterin angestellt und nicht als Kindermädchen. Ich ging mit ihr zu Vater. Er stand höflich auf, lächelte und schüttelte ihr herzlich die Hand. «Hallo, Gloria – wie schön, daß du da bist. Ich kann dir gar nicht sagen, wie dankbar wir dir sind, Viola und ich. Da wird sie es doch etwas leichter haben jetzt, nicht wahr.»

Gloria lächelte ihm freundlich zu. «Also», sagte er munter, «hat sich denn Viola auch schon um dich gekümmert und dir etwas zu essen angeboten?»

«Nein, noch nicht», sagte ich etwas lahm. Ehrlich gesagt, hatte ich ihr nur eine Tasse Tee anbieten wollen, um die Zeit bis zum Essen zu überbrücken.

«Nur keine Umstände», sagte Gloria. «Ich habe ja im Zug Mittag gegessen.»

Vater schien ganz entsetzt zu sein. «Aber hör mal, Vi – daran hättest du doch denken müssen. Wenn jemand aus London angereist kommt... Mach ihr doch Schollen mit Kartoffelchips, das ist doch deine Spezialität.»

«Es sind keine Schollen im Haus», sagte ich kläglich.

«Na, der alte Burrows wird ja noch offen haben. Lauf schnell hin und besorge welche.»

Er hatte Gloria in einen Sessel komplimentiert und saß jetzt wieder in seinem Drehstuhl, sich sanft hin und her schwingend, und lächelte ihr zu. Ich stand verlegen da mit dem dringenden Verlangen, meine Gedankenlosigkeit wieder gutzumachen, aber

27

noch gab es andere ungelöste Probleme. «Trubshaw hat sich mit Kohlenstaub eingeschmiert», sagte ich. «Wenn ich ihn nicht gleich saubermache, trampelt er den Dreck durchs ganze Haus.»

«Persephone soll sich um ihn kümmern», sagte Vater.

Vater war im Krieg Major gewesen. Er hatte mir irgendwann einmal gesagt: «Vi, als Vorgesetzter mußt du allen sagen, was sie tun sollen. Aber vor allem mußt du jedem klarmachen, daß du selbst nie und unter gar keinen Umständen einen Finger krümmen wirst. So wollen es die Leute. Sie werden dich achten.» Daran mußte ich jetzt denken. Ich ging wieder hinauf zu Perse. Auf ihrem Bett lag ein Zettel: «Bin schwimmen. Komme zum Essen zurück.»

Ich nahm mir Trubshaw vor, schrubbte den ärgsten Schmutz ab und nahm ihn mit ins Dorf. Doch seine Haut hatte noch immer einen schwarzen Schimmer. «Er sieht aus wie ein Sarotti-Mohr. Wo hat er denn seinen Turban gelassen?» scherzte Mr. Burrows, als er mir die Schollen reichte.

5

Als Haushälterin war Gloria weniger eine Hilfe als eine zusätzliche Belastung. Aber ich genoß ihre Gesellschaft – sie war die Ruhe selbst und nahm ihre Pflichten leicht. Manchmal half sie mir beim Bettenmachen oder Geschirrspülen, und gelegentlich, wenn wir Eier oder Schollen und Chips nicht mehr ertragen konnten, kochte sie Gulasch.

Ein Gesprächspartner war sie freilich nicht. Sie glich darin einem Tennisspieler, der jeden Aufschlag ins Netz zurückschlägt. Ein freundliches Lächeln, ein Ja oder Nein, und dann war der andere wieder dran. Als ich Vater einmal darauf ansprach, meinte er, das läge an ihrer Erziehung, sie habe eine chinesische Kinderfrau gehabt, aber bei Vater wußte man nie, ob er so etwas ernst meinte.

Am ersten Sonnabend, den Gloria bei uns verbrachte, fragte

ich sie: «Gloria, gehst du eigentlich zur Kirche?»

Etwas vage antwortete sie: «Nein, normalerweise nicht.»

«Was meinst du damit, ‹normalerweise nicht›?»

«Na ja, früher bin ich schon ab und zu in die Kirche gegangen.»

Vater sah interessiert auf. «So? Das wußte ich gar nicht.»

«Ich war mal mit einem Jungen aus dem Kirchenchor verlobt, Harry. Da bin ich dann hingegangen, aber es war wirklich ziemlich langweilig. Er hat auch nie neben mir gesessen.»

«Wie kann er auch, wenn er im Chor war.»

«Ja. Das meine ich ja.»

Vater resignierte. So sehr ihm Glorias Mangel an Intelligenz gefiel, ich glaube, manchmal wurde es ihm doch zu viel.

Ich ließ jedoch nicht locker. «Welche Kirche war denn das, Gloria?»

«Ich *glaube*, die methodistische. Es gab dort so viele Kerzen.» Sie krauste die hübsche Stirn.

«Aber doch nicht bei den Methodisten», sagte Vater freundlich, aber mit einem leicht ungeduldigen Unterton. «Wahrscheinlich meinst du die Katholische oder die Anglikanische Hochkirche.»

«Wenn du Kerzen magst, komme doch mit in unsere Kirche», sagte ich. «Da brennen immer viele Kerzen.»

«Das kann man wohl sagen», sagte Vater. «Man hat den Eindruck, es sei immerzu Weihnachten.»

«Geht ihr denn morgen früh?» fragte Gloria.

«Natürlich.» Nichts konnte mich davon abhalten, in die Kirche zu gehen, wenn ich wußte, daß Mr. Chisholm auch da war.

Gloria sah, als ich an diesem heißen Sommermorgen mit ihr zur Kirche ging, ganz reizend aus; ein kleiner Schleier bedeckte ihr Haar, und das Gesicht war ernst und gesammelt. Sie hätte selbst in der Westminster-Abtei Aufsehen erregt. In unserem kleinen Dorf in Derbyshire aber wirkte sie wie eine Erscheinung aus einer anderen Welt. Die verheirateten Männer sahen sich verstohlen nach ihr um. Die unverheirateten standen einfach da und starrten.

Ich war glücklich und stolz – nicht nur Glorias wegen. Gleich würde ich Mr. Chisholm sehen, und sicher würde er mich ansprechen, denn durch Mutters Weggang fehlte auf dem Sommerfest die Aufsicht beim Sackhüpfen.

Wir gingen die lange Ulmenallee zur Kirche hinauf; der Wind fegte durch die Baumwipfel und trieb das Glockenläuten und das Gekrächze der Krähen hoch hinaus ins Blau des Himmels. Der ganze Morgen war ein einziger Jubelschrei.

Dann betraten wir die Kirche und damit eine andere Welt.

Hier war es kühl, dunkel und still. Vorn am Altar ging ein weißgekleideter Chorknabe herum und zündete die Kerzen an. Miss Buttle, die an ihrem Schriftenstand am Eingang beschäftigt war, blickte auf und lächelte uns zu. Wir nahmen in einer der vordersten Bänke Platz, und gleich darauf ertönte die Orgel, und der Gottesdienst begann.

Die feierlichen Orgelklänge, die klaren jungen Stimmen des Chors, das Klingeln des Ministrantenglöckchens, das im Halbdunkel des Kirchenschiffs verhallte; das plötzliche Anschwellen des Gesangs, die rituellen Gesten des Pfarrers und der Altardiener, unter ihnen Mr. Chisholm in weißem Gewand – das alles war mehr, als ich ertragen konnte. Mir traten die Tränen in die Augen.

Später, als der Gottesdienst vorüber war, gingen wir durch das Mittelschiff hinaus, und an der offenen Tür stand Mr. Chisholm! Ich nahm an, er wartete auf mich, um mich wegen des Sommerfestes zu fragen, aber er bemerkte mich kaum und übersah auch Miss Buttle, die offensichtlich mit ihm sprechen wollte. Er hatte nur Augen für Gloria. Ich stellte sie ihm vor, und er fragte sichtlich interessiert: «Werden Sie lange bei uns bleiben, Miss Perkins? Dann haben wir wohl auch die Freude, Sie am nächsten Samstag auf unserem Sommerfest zu sehen.»

«Ich denke schon.»

«Ja, da wäre es ja ganz reizend, wenn Sie, da uns Mrs. Kemble fehlt, liebenswürdigerweise die Aufsicht beim Sackhüpfen übernehmen würden. Meinen Sie nicht auch, Viola?»

«Ach so, gewiß, ja», rang ich mir ab.

«Dann also abgemacht.» Die beiden lächelten sich noch einmal zu, und ich wußte, daß in diesem Augenblick alle außer Gloria für ihn Luft waren.

Draußen vor der Kirche sah ich mich nach Miss Buttle um,

aber sie war verschwunden. Merkwürdig – wir sprachen sonst immer noch ein paar Worte zusammen nach dem Gottesdienst.

Auf dem Heimweg war mir schrecklich zumute. So können Augenblicke der Hochstimmung wie Seifenblasen zerplatzen. Der Tag hatte so schön begonnen, jetzt schien er auch nur wieder ein Tag wie jeder andere zu sein: lang, leer und lastend. «Ich muß sagen, dieser Mr. Chisholm ist ein ganz reizender Mensch», sagte Gloria plötzlich.

«Ja», seufzte ich.

Der nächste Tag brachte eine Überraschung: Für Trubshaw kam eine Ansichtskarte aus Kairo, darauf stand: «Ist das nicht ein hübsches Kamel? Gestern bin ich auf so einem geritten. Viele Grüße und Küsse, Mutter.»

Ich freute mich ganz unsinnig. Die Karte in der Hand, rannte ich hinauf ins Kinderzimmer und schrie: «Trubshaw! Sieh mal, eine Karte von Mutter mit einem Kamel drauf.»

Trubshaw betrachtete die Karte ungerührt. «Das ist aber ein Dromedar», sagte er dann.

«Trubshaw! Sie ist von Mutter! Komm, ich lese sie dir vor.»

«Das sieht man doch an den Höckern», sagte Trubshaw.

Es war auch ein Brief gekommen, *für* Mutter. Als Vater zum Frühstück herunterkam, sagte ich: «Trubshaw hat eine Ansichtskarte von Mutter bekommen, aus Kairo. Toll, was?»

«Da steckt sie also», sagte Vater.

«Sie schreibt, sie ist auf einem Kamel geritten.»

«Miss Brown hat uns erzählt, daß man davon seekrank wird», warf Perse ein. «Sie hat dabei gekotzt.»

Was für ein enttäuschendes Echo auf allen Seiten. Und mir hatte die Karte so viel bedeutet. Aufgeregt sagte ich: «Hier ist auch noch ein Brief *für* Mutter.» Vielleicht machte das mehr Eindruck.

«Müssen wir nachschicken», sagte Vater.

«Aber auf der Karte steht keine Adresse.»

«Ach was. Clementine Kemble, per Adresse Britisches Konsulat Kairo genügt», sagte Vater. «Mutter braucht nur zwei Tage irgendwo zu sein, schon trifft sie den britischen Konsul auf irgendeiner Party.»

31

«Ich bin dafür, daß wir den Brief aufmachen», sagte Perse.

«Kommt nicht in Frage. Ich habe die Briefe eurer Mutter nie geöffnet, als sie noch hier war, und werde das auch jetzt nicht tun.» Damit verschwand der Brief in seiner Brusttasche, und die Sache war für ihn erledigt.

Für mich hätte sie damit auch erledigt sein können, aber die Sache beschäftigte mich doch noch. Der Poststempel war zwar verwischt, aber ich hatte das Wort «Berkshire» gerade noch entziffern können. Und mit Berkshire verband sich für mich irgendeine unangenehme Erinnerung, aber im Augenblick wollte mir um keinen Preis einfallen, was es damit auf sich hatte.

Es war eine scheußliche Woche, voll von unklaren Ängsten und Kümmernissen: Mutter so weit weg, der ominöse Brief aus Berkshire, und vor allem die Tatsache, daß Mr. Chisholm Gloria um Mithilfe beim Sommerfest gebeten hatte. Ich wußte selbst nicht, warum mich das alles so quälte.

Der einzige Lichtblick in dieser Woche kam am Mittwochmittag, als wir beim Essen saßen (Schinken mit Salat, oder, wie Trubshaw behauptete: Salat mit Schnecken. Fand sich in einem Riesenberg Salat eine einzige Schnecke, so geriet sie ganz bestimmt auf seinen Teller). Perse platzte plötzlich damit heraus: «Mutter hat mir eine Karte geschrieben.»

«Wo hast du sie?» rief ich.

«Oben in meinem Zimmer», sagte Perse.

«Ja, und willst du sie uns denn gar nicht zeigen?»

«Sie ist an mich gerichtet», sagte Perse.

«Wo steckt sie denn jetzt?» fragte Vater.

«In Istanbul.»

«Was, noch nicht in Indien?»

«Nun sag doch schon, wie geht es ihr?» schrie ich.

«Davon schreibt sie nichts», sagte Perse. Ich gab es auf. Vielleicht hätte Vater noch etwas aus ihr herausbekommen, wenn ihm daran gelegen hätte, aber es lag ihm offenbar nichts daran.

Dann aber, am Sonnabend, fegte das Sommerfest allen Kummer hinweg und versetzte mich in den siebenten Himmel.

Dieser Nachmittag strahlt in meiner Erinnerung in den hellsten Farben. Die Zelte und Gartenschirme hoben sich weiß vom

Grün der Bäume und Rasenflächen ab, bunte Sommerkleider leuchteten, Kinder lachten, braungebrannte Gesichter lächelten freundlich, man hörte überall heiteres Geplauder, beim Sackhüpfen stand man Schlange, und Mr. Chisholm, in weißem Leinenanzug, kam über den Rasen auf mich zu und sagte: «Hallo, Viola. Sind Sie auch vergnügt?»

Nun, in diesem Augenblick ganz bestimmt. Junge Frauen mit präraffaelitischen Bildern sehen nie ausgesprochen vergnügt aus; deshalb blickte ich ihn nur versonnen an und sagte: «Ja, danke, Mr. Chisholm, sehr.»

«Hätten Sie Lust, mit mir eine Tasse Tee zu trinken?» fragte er.

In diesem Augenblick verwandelte sich die Welt vor mir in ein Feuerwerk von tausend bunten Sternen. «O ja – sehr gern», brachte ich gerade noch heraus.

Er nahm mich beim Arm und führte mich hinüber zum Teezelt.

Nach dem hellen Sonnenschein draußen war es hier drinnen romantisch düster. Es roch köstlich nach sonnendurchglühtem Leinen und zertretenem Gras. Die meisten Tische waren noch unbesetzt, und außer Miss Buttle, die in jedem Jahr für das Teezelt zuständig war, und ihren Helferinnen war kaum jemand da.

Ich versuchte, Miss Buttles Aufmerksamkeit auf uns zu ziehen, aber es war so, als wollte sie partout keine Notiz von uns nehmen. Statt dessen plauderte und scherzte sie angeregt mit ihren Helferinnen und kicherte laut wie ein Teenager. Dabei ist sie schon seit vielen Jahren aus diesem Alter heraus.

«Erdbeeren mit Schlagsahne, Viola?» fragte er mich lächelnd.

«Ja, gern, Mr. Chisholm», sagte ich, und ich war überzeugt, daß kein anderer Mann auf der Welt, nicht einmal Sir Laurence Olivier, diese Frage «Erdbeeren mit Schlagsahne, Viola?» so ausdrucksvoll und zärtlich hätte sagen können wie Mr. Chisholm an diesem Sonnabendnachmittag.

«Ist das Sackhüpfen nicht ein großer Spaß?» sagte er dann. «Es war wirklich sehr freundlich von Miss Perkins, sich dafür zur Verfügung zu stellen.»

«Das tut sie gern», sagte ich.

Er sah mich lange prüfend an, aber ich hatte das Gefühl, als gelte sein Interesse gar nicht mir. Dann fragte er wie beiläufig: «Kennen Sie sie eigentlich schon lange?»

«Nein», sagte ich. «Erst seit ein paar Wochen.»

«Ach?» sagte er erstaunt. «Ich dachte, sie sei eine alte Freundin Ihrer Mutter. Wird sie denn länger bei uns in Shepherd's Delight bleiben? Meinen Sie, sie hätte Lust, sich weiterhin an der Gemeindearbeit zu beteiligen?»

«Doch, ja, das glaube ich wohl», sagte ich.

«Sie hat doch keine anderen Verpflichtungen und ist doch wohl auch nicht verheiratet?»

«Nein. Sie ist als Haushälterin bei uns», sagte ich.

«Ach so –?» sagte er, und es klang sehr überrascht.

«Wissen Sie, es ist richtig komisch. Persephone, meine jüngere Schwester, meint, sie sei Vaters Geliebte. Auf was für Gedanken solche Kinder doch manchmal verfallen.» Und ich erlaubte mir ein ganz unpräraffaelitisches Lachen.

Diese Mitteilung schien ihn sehr zu irritieren. In diesem Augenblick trat Vater an unseren Tisch und setzte sich zu uns.

«Gloria macht sich ja fabelhaft beim Sackhüpfen. Da sieht man wieder einmal, was ein paar hübsche Mädchenbeine für die Kirche bewirken können.»

Mr. Chisholm hüstelte leicht verlegen und sagte: «Ich fürchte, allein mit hübschen Mädchenbeinen kommt die Kirche nicht voran, Mr. Kemble.»

«Warum nicht, Chisholm? Warum nicht? Schließlich hat der Herrgott sie geschaffen.» Er strich sich dabei über den Schnurrbart. «Und verdammt gute Arbeit hat er dabei geleistet, muß man schon sagen.»

Mein schönes Tête-à-tête mit Mr. Chisholm war zu Ende. Vater machte keinerlei Anstalten zu gehen, und jetzt erschien auch noch Perse auf der Bildfläche, mit auffallenden Lidschatten und wie üblich mit Trubshaw im Gefolge. Ich hatte meine ganze Familie wieder auf dem Hals. Flehend sah ich zu Mr. Chisholm hinüber, aber er blickte mich nicht an. Er stand gerade auf, weil der alte Doktor Rodgers an den Tisch getreten war und augenzwinkernd zu ihm sagte: «Ich wäre versucht gewesen, mich in die Schlange einzureihen, Chisholm.»

«In was für eine Schlange denn?» fragte Clifton.

«Na, bei der flotten Puppe da, beim Sackhüpfen natürlich.»

Vater legte ein Bein über das andere und strich sich mit der Hand die Bügelfalte glatt. «Du sprichst von meiner Haushälterin, John», sagte er gelassen.

6

An diesem Abend gab es Spaghetti auf Toast mit pochierten Eiern. Die Spaghetti hatte ich zubereitet, Gloria den Toast geröstet und Vater die Eier pochiert.

Es war ein warmer, stiller Abend, nur die Spatzen lärmten im Garten, ab und zu drang von den Krickettspielern unweit unseres Hauses ein Ruf herüber, oder man hörte, wie draußen ein Auto vorbeirauschte.

Aber ein Wagen hatte es weniger eilig. Langsam bog er in unsere Einfahrt ein und hielt vor unserer Tür.

Vater ließ die Gabel sinken und horchte auf. Ich ebenfalls. Gloria, Perse und Trubshaw aßen, so als ginge sie das nicht das geringste an, weiter.

Die Wagentüren öffneten sich, und heraus zwängten sich zwei Gestalten in braunem Tweed. Sie öffneten den Kofferraum und förderten mehrere Gepäckstücke zutage. Und dann, nach einem schnellen mißbilligenden Blick auf unseren Garten, kamen sie auf die offene Glastür zu, die direkt ins Eßzimmer führte.

Vater hatte sich erhoben. «Gott steh uns bei», flüsterte er, wobei er – ich könnte es beschwören – sich bekreuzigte. «Die schrecklichen Harbingers!»

«Von denen muß der Brief für Mutter gewesen sein!» rief ich entsetzt. «O Gott – die bleiben bestimmt wieder acht Tage.»

Zu unserem Jahresablauf gehörten ein paar unvermeidliche Katastrophen: geplatzte Wasserrohre im Winter, Motten im Frühjahr, vom Sturm heruntergewehte Dachziegel im Herbst.

Aber – der Sommerschrecken waren jedes Jahr Onkel Walter und Tante Clarissa.

Es waren Verwandte von Mutter, und sie waren fehlerlos und unfehlbar. Sie hatten die richtigen politischen Ansichten, trugen immer die richtige Kleidung, wohnten im richtigen Haus in der richtigen Umgebung und sagten die richtigen Worte mit dem richtigen Akzent. Aus all ihren Kindern war etwas Rechtes geworden. Guy war Direktor einer kleinen, aber sehr vornehmen Privatschule, Roger war Arzt, und Cicely hatte einen Börsenmakler geheiratet und besaß ein schönes Haus, zwei Wagen und drei hübsche Kinder.

Vater hatte für die Harbingers nur ein einziges Wort: Spießer.

Er stand jetzt ganz still und blickte wie hypnotisiert auf die Tür, ebenso wie ich. Großtante Clarissa stolzierte herein. «Hallo, Harry», sagte sie und umfaßte den Raum mit einem einzigen Blick. «Ach du liebe Zeit, stören wir euch etwa beim Dinner?»

«Wir sind so gut wie fertig», log Vater. «Das ist Gloria Perkins, eine alte Freundin von Clementine, Gloria, das ist Tante Clarissa – Mrs. Harbinger.»

«Hallo, Harry», sagte Onkel Walter. «Deine Himbeerhecke muß aber mal ausgeschnitten werden – sieht ja wüst aus», sagte er vorwurfsvoll.

Seit mindestens zehn Jahren war das stets Onkel Walters erste Bemerkung, wenn er ins Haus trat. «Seid ihr auf der Durchreise?» fragte Vater hoffnungsvoll.

«Hat denn Clementine meinen Brief nicht bekommen?» fragte Tante Clarissa und sah sich erstaunt um. «Wo ist sie denn überhaupt?»

«Das letzte, was wir von ihr gehört haben, war, daß sie ein Kamel bestiegen hat», sagte Vater.

«Es war ein Dromedar», sagte Trubshaw. «Das sieht man doch an den Höckern.»

«Ja, hat sie denn eine Orientreise unternommen?»

«Sie hat anscheinend in der ‹Times› die Anzeige eines Scheichs gelesen, der in seinem Harem eine Vakanz hat.»

Allgemeines Schweigen. Dann sagte Onkel Walter: «Ich muß schon sagen, du hast einen merkwürdigen Humor. So redet man doch nicht über seine eigene Frau. Das ist einfach schlechter Stil.»

«Schlechter Stil ist es auch, wenn man einfach abhaut und seinen Mann und drei Kinder im Stich läßt», sagte Vater, blaß vor Zorn. Ich hatte Vater eigentlich noch nie richtig wütend gesehen. Aber die Harbingers brachten ihn immer zur Weißglut, und er war wohl auch der Meinung, daß er, wenn er schon Mutter entbehren mußte, auch auf ihre verdammten Verwandten verzichten konnte.

Tante Clarissa ließ sich auf den nächsten Stuhl fallen. Sie krallte ihre Finger in die Armlehnen. «Also, Harry, nun red mal vernünftig. Willst du behaupten, daß Clementine dich verlassen hat?»

«Ja, das behaupte ich.»

«Allmächtiger», japste Onkel Walter.

«Das war sehr unrecht von ihr – sehr unrecht. Wenn ich auch nicht bezweifle, daß du ihr allen Grund dazu gegeben hast, Harry.»

«Das möchte ich nun wieder bezweifeln», sagte Vater gelassen.

«Immerhin – Clementine ist meine Nichte, und deshalb fühle ich mich mitverantwortlich.»

Bisher hatten sie noch kein Wort davon verlauten lassen, wie lange sie bleiben wollten, aber mit einer Woche mußte man mindestens rechnen. Und so sagte ich denn: «Es tut mir leid, Tante Clarissa, aber ihr müßt mit dem Hausbockzimmer vorlieb nehmen. Im Schimmelzimmer wohnt Gloria.»

Sie blickte mich an, als sähe sie mich zum erstenmal, und sagte dann erstaunlich freundlich: «Nein, nein, das kommt gar nicht in Frage, mein Kind. Onkel und ich übernachten in Buxton, und morgen früh kommen wir dann her und holen Persephone und Nicholas Anthony ab. Wir nehmen die beiden für ein bis zwei Wochen mit nach Berkshire.»

«Persephone, Nicholas: wollt ihr denn mit Tante Clarissa nach Berkshire fahren?» fragte Vater, auf ein Nein hoffend.

«O ja, gern», sagte Perse.

«O ja, gern», echote Trubshaw, der es zur Zeit mit Perse hielt. Vater sah gekränkt aus. Er ahnte nicht, daß Perse nur deshalb mitfahren wollte, weil Harold Wilson in Berkshire gerade einen Parteikongreß abhielt.

37

«Gut. Dann ist das also geregelt. Es wird den Kindern guttun», sagte Tante Clarissa munter.

«Den Kindern fehlt es hier an nichts», sagte Vater verärgert.

Tante Clarissa lehnte sich in den Sessel zurück und sah Vater durchdringend an. «Nun erlaube mir mal ein offenes Wort, Harry. Ich glaube nicht, daß das hier ganz das Richtige für deine Kinder ist.» Ihre Augen wanderten über den Tisch mit den abgegessenen Spaghettitellern zu Gloria Perkins, weiter zu dem Bild der ‹Nana hinter der Bar in den Folies-Bergres›, dann zurück zu Gloria Perkins, dann hinaus in den verwahrlosten Garten, dann richtete sie den Blick zur Decke, zu der Stelle, wo der Kronleuchter herausgebrochen war und Vater das Loch mit Pflasterstreifen verklebt hatte, und schließlich richtete sie ihn wieder auf Gloria Perkins und fragte: «Haben Sie vor, länger zu bleiben, meine Liebe?»

«Das ist noch nicht entschieden», sagte Gloria.

«Sie ist doch Vaters Mätresse», sagte Perse mit kindlichem Stolz.

Lastendes Schweigen. Dann sagte Tante Clarissa mit spitzem Mund: «Das dürfte genügen, denke ich.»

«Persephone, du gehst sofort in dein Zimmer», schrie Vater.

«Also, Harry, ich muß schon sagen ...» mischte sich Onkel Walter ein.

«Ist das wahr, Harry?» fragte Tante Clarissa, immer noch mit spitzem Mund.

Vater fuhr herum. «Von jedem anderen», sagte er heftig, «wäre diese Frage eine Beleidigung. Von der Tante einer Frau, die ihre Kinder und ihren Mann im Stich gelassen hat, ist die Frage impertinent und infam.»

«Also, Harry, ich dulde nicht, daß du mit Clarissa so redest», sagte Onkel Walter.

«Halt du dich hier gefälligst raus, Harbinger!» schnappte Vater wütend.

Onkel Walters Gesicht sah jetzt aus wie ein roter Luftballon, der jeden Moment zu platzen drohte. Aber da erhob sich zu meinem größten Erstaunen Tante Clarissa und trat auf Vater zu, legte ihm begütigend die Hand auf den Arm und sagte freundlich zu ihm: «Harry – ich weiß, wir leben in verschiedenen Welten. Ich hatte kein Recht zu dieser Frage und möchte mich bei dir entschuldigen.»

Vater nickte steif mit dem Kopf.

«Aber», fuhr sie lächelnd fort, «willst du mir nicht doch ruhig Nicholas Anthony und Persephone für eine Weile mitgeben? Ich möchte dir wirklich gerne helfen, glaub mir.»

Ich sah zu Vater hinüber. Das denkende Auge war noch mehr verschattet als sonst, aber das andere blickte Tante Clarissa fest an. Und dann sagte er grinsend: «Wirklich nett von dir, Clarissa. Natürlich kannst du sie mitnehmen.» Er sah zu Perse und Trubshaw hinüber. «Du bist dir nur hoffentlich im klaren darüber, daß sie ganz Berkshire auf den Kopf stellen werden.»

7

Seltsam, aber mir war ganz komisch zumute, als meine kleinen Geschwister am nächsten Morgen abfuhren. Unsere Familie schien sich immer mehr aufzulösen.

Perse winkte, und Tante Clarissa winkte, und Onkel Walter hupte zum Abschied noch einmal fröhlich, und der Sand knirschte unter den Rädern, als der Wagen von der Einfahrt in die Landstraße einbog und zwischen den Hügeln verschwand.

Das Läuten der Kirchenglocken erinnerte mich daran, daß wieder Sonntag war. Aber es war ein trüber, kühler Morgen, von den Bäumen tropfte es schwer, und überall standen Pfützen, und die Kirchgänger waren in Regenmäntel gehüllt. Selbst die Glocken klangen lautlos, und Mr. Chisholm war heute nicht in unserer Kirche, sondern in Shepherd's Warning beim Gottesdienst.

Als wir aus der Kirche kamen, schlug ich Gloria einen kleinen Spaziergang vor. Ich steuerte listig auf den Weg zu, der nach Shepherd's Warning führte. Das war ein abschüssiger Pfad mit niedrigen Steinmäuerchen und Hängen voller Skabiosen, Gänseblümchen und Fingerhut zu beiden Seiten.

Schließlich lag Shepherd's Warning unter uns, wir sahen die

kleine Kirche mit dem Friedhof, der sie umgab. Und gerade in diesem Augenblick trat aus dem Friedhofstor eine Gestalt, die ein Fahrrad schob, sich auf den Sattel schwang und den Weg nach Shepherd's Delight einschlug. Mein Vorhaben war geglückt.

«Ist das da unten nicht der nette Mr. Chisholm?»

«Ja», sagte ich einsilbig.

Wir gingen etwas schneller. Auf einem der schmalen Pfade, die hier über die Hügel führten, tauchte eine weibliche Gestalt auf und ging auf den Hauptweg nach Shepherd's Warning zu. Wir sahen, wie sich die beiden begegneten. Mr. Chisholm stieg vom Rad ab, und die beiden sprachen miteinander. Dann bogen sie, nebeneinander hergehend, in einen Seitenpfad ab und verschwanden aus unserem Blickfeld.

«Wer war denn das?» fragte Gloria.

«Miss Buttle», sagte ich.

«Hat er was mit ihr?»

«Nein, nein. Sie hilft wie er in der Gemeinde.» Ich mußte aber doch dabei an Perses Bemerkung denken. «Laß uns umkehren», sagte ich bedrückt.

Ich hatte gehofft, Vater habe schon irgend etwas zum Essen vorbereitet, aber er saß da und las die Zeitung. «Hallo», sagte er. «Ihr kommt aber spät. Mir knurrt schon der Magen.»

«Wir haben noch einen kleinen Spaziergang gemacht», sagte ich lustlos und ging in die Küche, um unsere Sonntagsmahlzeit zuzubereiten. Scholle mit Kartoffelchips.

8

Etwa zwei Wochen danach begegnete ich beim Krämer meinem Angebeteten.

Im ersten Augenblick schien er verlegen, aber gleich darauf fragte er mich lächelnd, ob er mich ein Stück begleiten dürfe.

«Aber gern, Mr. Chisholm», sagte ich.

Wir gingen die Dorfstraße entlang. Er war sichtlich nervös.

Dann brachte er schließlich stotternd heraus: «Viola, ich möchte Sie etwas fragen.»

Großer Gott, dachte ich, er will dir einen Antrag machen! Ausgerechnet hier, vor der Fischhandlung.

«Ja, Mr. Chisholm?» sagte ich so sanft und weiblich wie möglich, aber dabei klopfte mein Herz wie rasend.

«Sie erinnern sich doch an das Sommerfest? Und wie wir zusammen Tee getrunken haben?»

Als ob ich das je hätte vergessen können! «Ja», hauchte ich.

«Sie haben eine – eine so sonderbare Bemerkung gemacht. Ihren Vater und Miss Perkins betreffend.»

Was für eine merkwürdige Einleitung, dachte ich und sagte etwas ungeduldig: «Meinen Sie meine Bemerkung, daß Perse glaubt, sie hätten ein Verhältnis miteinander?»

Wieder schluckte er. «Ja. Aber das ist doch nicht der Fall, nicht wahr?»

«Nein», sagte ich.

Er schien Qualen auszustehen. «Bitte, verzeihen Sie mir die vielleicht taktlose Frage, aber sind Sie dessen ganz sicher?»

«Ja, ganz sicher», sagte ich ungehalten.

«Viola, verstehen Sie mich recht, in der Gemeinde können wir nicht vorsichtig genug sein, und ich wollte, da Miss Arkala uns verläßt, dem Pfarrer Miss Perkins zur Mitarbeit in der Gemeinde vorschlagen. Ist sie zu Hause?»

«Sie ist zur Dauerwelle», sagte ich. «Um fünf wird sie zurück sein.»

«Ausgezeichnet», sagte er und ließ mich ohne ein Abschiedswort, ja ohne einen einzigen Blick einfach stehen.

Zu Hause warf ich meinen Einkaufsbeutel auf den Küchentisch und rannte hinaus, den Hügel hinauf, bis zu der Stelle, wo ich mich immer ausweine, wenn ich vor Kummer nicht mehr aus noch ein weiß.

«Warum weinen Sie denn? Kann ich Ihnen helfen?» fragte eine leise Stimme. Ich sah auf und erblickte über mir ein anteilnehmendes, aber zugleich auch leicht belustigtes Gesicht.

Der junge Mann, der da vor mir stand, hatte dunkle Haare, er trug lange Hosen und ein offenes buntes Hemd. In der Hand

41

hielt er ein Gartenmesser. Er war noch sehr jung, aber doch etwas älter als ich.

«Nein, danke», sagte ich und heulte weiter.

«Aber was ist denn?» fragte er beharrlich noch einmal.

«Das kann ich Ihnen nicht erklären», sagte ich.

«Versteh ich», sagte er. «Tut mir leid.» Er lehnte sich an den Zaun. «Wunderbare Aussicht hat man von hier. An klaren Tagen soll man sogar die Berge von Yorkshire und den Wrekin sehen können, aber ich habe ihn noch nie gesehen.»

«Heute ist doch ein klarer Tag», sagte ich. Ich kam mir etwas töricht vor, wie ich da weinend im Gras lag. Ich stand auf, wischte mir die Augen und trat zu ihm an den Zaun. Wir standen beide schüchtern nebeneinander und sahen hinaus ins Land. «Wo genau liegt denn der Wrekin eigentlich?» fragte ich.

Er deutete nach Westen. «Da drüben.»

Wir starrten beide in die angegebene Richtung. Der Wrekin war nicht zu sehen. Aber es war wohltuend, hier oben zu stehen – die Lerchen sangen, helle Wolken segelten vorbei, und meine Seele war durchflutet von warmen Tränen. Er hatte recht: die Aussicht war herrlich. Harker's Clump hieß eine Baumgruppe auf einer Bergkuppe, und von dort oben sah man die Sonne über das Land dahinrollen und allmählich den Sommertag mit sich nehmen. Es war schon spät am Nachmittag, alles trieb auf den Abend zu, die Hügel färbten sich rötlich, Schatten krochen über das Gras. Es war ein so melancholischer Anblick, daß ich wieder anfing zu weinen. Er wandte sich mir zu und sah mich an, seine Augen hielten mich fest, behutsam und belustigt, mitleidig und verständnisvoll, alles in einem. «Ich wünschte, ich könnte Sie trösten», sagte er und sah mir dabei in die Augen, aber es machte mich jetzt nicht mehr verlegen. «Sie sind doch Miss Kemble, nicht wahr?» fragte er.

Ich nickte.

«Ich hab Sie schon öfter hier gesehen», sagte er. «Das Land gehört meinem Vater. Ich bin Johnnie Wrighton.»

Ich erschrak. Hier kam ich ja nur her, um zu weinen.

Eine Lerche stieg steil in die Höhe und sang jubelnd ihr Lied. Ich verabschiedete mich von Johnnie Wrighton und ging nachdenklich den Hügel hinunter, dem alten Pfarrhaus zu.

9

«Viola – da bist du ja endlich!» rief Vater. «Wo um alle Welt hast du denn bloß gesteckt?»

Ich war mit meinen Gedanken immer noch auf dem Hügel. «Gibt's denn was Besonderes?» fragte ich.

«Was Besonderes?» rief Vater. «Der Teufel ist los.»

Mich rührte das wenig. «Was gibt's denn?» fragte ich gelassen.

Er holte tief Luft. «Also stell dir vor, ausgerechnet über mich, ein treues Mitglied der Kirchengemeinde und einen der angesehensten Schriftsteller hierzulande, klatscht das ganze Dorf.»

«So?» fragte ich gedehnt.

Aufgeregt erzählte er mir, er sei im Dorf gewesen und habe dort Mrs. Barker-Symes getroffen. Und die habe ihn geschnitten. Darauf sei er umgekehrt, habe höflich den Hut gezogen und sie gefragt: «Erlauben Sie, Mrs. Barker-Symes, darf ich fragen, warum Sie soeben meinen Gruß nicht erwidert haben?»

«Wenn Sie das nicht selbst wissen», hatte Mrs. Barker-Symes geantwortet, «dann brauchen Sie nur den Schlachter oder den Fischhändler zu fragen oder auch die Leute im Dorfgasthaus oder die Mitglieder des Kirchenvorstands. Einer davon wird es Ihnen ganz gewiß sagen können. Guten Tag, Mr. Kemble.»

Vater war nach Hause geeilt und hatte sogleich den Pfarrer angerufen. «Also hör mal, Sam. Ich habe da eben Mrs. Barker-Symes getroffen, und sie hat meinen Gruß nicht erwidert. Sie sagt, du wüßtest warum.»

«Zweites Buch Samuel 11,4, Harry», sagte der Pfarrer und legte den Hörer auf.

«Ist das die Geschichte mit dem Weib Urias, des Hethiters?» fragte ich.

«Genau», sagte Vater und dachte nach. «Den König David hätte sie wohl kaum geschnitten, diese Ziege.» Er kochte vor Wut.

In der Diele klingelte wie wild das Telefon. «Vielleicht geht Gloria hin», sagte ich.

«Sie ist nicht da», sagte Vater. «Chisholm hat sie zu einem Spaziergang abgeholt.»

Mir stand das Herz wieder einmal still. Aber ich ließ mir nichts anmerken, ging in die Diele und nahm den Hörer auf: «Hier Shepherd's Delight 4025.»

«Viola? Hier ist Tante Clarissa. Was für einen Wagen hat dein Vater?»

«Warum? Einen alten Lagonda.»

«Das meine ich nicht. Ist es ein offener oder ein geschlossener Wagen?»

«Ein Kabriolet.»

«Das habe ich befürchtet. Hör mal zu, Kind. Nicholas hat die Masern gehabt.»

«Der Ärmste.»

«Nun, außer ein paar roten Flecken hat er nicht viel davon gemerkt.»

«Und Perse?»

«Hat sich nicht angesteckt.»

«Gut – dann ist ja alles in Ordnung.»

«Ja.» Das klang allerdings nicht sehr überzeugend. Dann rückte sie mit der Sprache heraus: «Offen gesagt, ist er im Augenblick hier etwas fehl am Platz. Er hat nämlich meine Enkelkinder angesteckt, alle drei, und sie hat es schlimmer gepackt als ihn.»

«Oh, das tut mir aber schrecklich leid.»

«Zu dumm. Sie wollten am Sonnabend alle zusammen nach St. Tropez fahren, und nun ist es fraglich geworden, ob sie überhaupt reisen können.»

«Tante Clarissa, wir kommen auf der Stelle und holen ihn», sagte ich.

«Nein. Das ist ja die Schwierigkeit. Er kann in diesem Zustand unmöglich im offenen Wagen fahren. Er sieht ja ganz wohl aus, aber der Arzt sagt, er muß sich noch warmhalten. Laß nur, wir bringen ihn und Persephone zurück.»

«Vielen Dank, Tante Clarissa, dann bis morgen.»

«Dann bis morgen», sagte Tante Clarissa und legte auf.

Wir saßen beim Mittagessen, als sie ankamen. Sie marschierten herein, alle vier. Vater stand auf. «Hallo, Clarissa. Wollt ihr mitessen? Es gibt Gulasch.»

44

«Nein, Harry, vielen Dank», sagte Tante Clarissa. «Wir haben unterwegs eine Kleinigkeit gegessen.»

Ich stand auch auf und legte den Arm um Perse. «Tag, Süße. War's schön?» Es war wunderbar, daß sie wieder da war. Wir hatten uns nie viel zu sagen, aber ich vermißte sie, wenn sie nicht da war.

Trubshaw schleppte seinen Koffer herein. «Hallo, Trubshaw», begrüßte ihn Vater. «Brav gewesen?»

Alle übergingen die Frage.

«Du mußt unbedingt jetzt deinen Flieder beschneiden, Harry», sagte Onkel Walter.

Tante Clarissa fragte: «Habt ihr was von Clementine gehört?»

«Nein. Seit ihrer Karte aus Istanbul haben wir nichts mehr gehört.»

«Schrecklich», sagte Onkel Walter.

«Was sie sich bloß denkt. Komm», sagte Tante Clarissa zu ihm. «Wir können uns leider nicht lange aufhalten, denn wir wollen ja noch vor Abend zurück sein.»

«Kann ich euch nicht wenigstens einen Drink anbieten», sagte Vater.

«Nein, danke dir, Harry – Walter muß ja fahren. Übrigens, noch etwas», sagte sie wie beiläufig. «Auf Persephones Nachttisch fand ich das ‹Kamasutram›.»

«Ja, sie hat einen nicht gerade alltäglichen Geschmack für ihr Alter.»

«Es liegt mir fern, sie anzuschwärzen. Aber ich dachte doch, du solltest es wissen.»

«Danke», sagte Vater. Wir brachten sie nach draußen. Ich küßte Tante Clarissa zum Abschied, und wir alle winkten ihnen nach.

Ich brachte Perse hinauf in ihr Zimmer und fragte: «Na, wie war's denn nun wirklich?»

«Toll.»

«Hast du denn deinen Harold gesehen?»

«Nein, der war schon wieder in London. Aber sonst war es sehr aufregend. Das tollste waren die anonymen Briefe.» Sie wühlte sich tiefer in die Kissen, und ihre Augen glänzten.

«Die *was*??»

«Die anonymen Briefe. Jeder hat dort einen gekriegt. Hast du das nicht in der Zeitung gelesen?»

«Nein.»

«Ach, es war ganz toll. Alle Leute wurden von der Polizei vernommen, und die sagten, sie wüßten auch nicht weiter. Onkel Walter sagte, die Prügelstrafe sollte wieder eingeführt werden.»

«Ja, das ist ja eine ganz scheußliche Geschichte», sagte ich. «Was stand denn in den Briefen?»

«Weiß ich nicht. Ich hab es nicht rausgekriegt. Nur beim Krämer hörte ich was von Obszönitäten, die darin gestanden hätten.»

Perse war eifrig damit beschäftigt, ein Band durch die Löcher ihrer selbstgehäkelten Bettdecke zu ziehen.

«Sag mal, Vi», begann sie nach einer Weile.

«Ja–?»

«Kennst du eigentlich welche – Obszönitäten, meine ich?»

«Nein», sagte ich.

«Ich auch nicht», sagte Perse tief enttäuscht.

«Und wie hat sich Trubshaw benommen?»

«Na, du weißt schon – wie immer», sagte sie.

Das hatte ich geahnt, und es war ja wohl auch ganz natürlich. Trubshaw hielt nicht viel von guten Manieren. «Ich glaube, Tante Clarissa ist um Jahre gealtert», sagte Perse. «Aber sie ist kein einziges Mal böse geworden, nicht mal als er in ihr Aquarium gepinkelt hat.»

«Aber Perse – das hättest du verhindern müssen!»

Sie setzte sich entrüstet auf. «Wo denkst du hin? Da kriegt er ja nur Komplexe.»

«Du, Perse?»

«Ja», murmelte sie, ohne aufzublicken.

«Wie findest du eigentlich Clifton Chisholm?»

«Langweilig. Warum fragst du?»

«Ach, nur so.»

«Du bist doch nicht etwa verliebt in ihn?»

«Natürlich nicht. Was für ein Unsinn, Perse. Im übrigen scheint er sich für Gloria zu interessieren.»

«Na, und was sagt Vater dazu?» fragte sie.

«Was sollte er dagegen haben, wenn Mr. Chisholm sich für unsere Haushälterin interessiert.»

«Glaubst du denn immer noch, daß er sie deshalb zu uns geholt hat?»

«Sehr wohl glaube ich das! Du bist ein Schäfchen.»

Am nächsten Tag hatte ich eine große Freude. Unter dem Stapel Post für Vater befand sich ein Brief für Mutter aus Guernsey – und eine wunderschöne Ansichtskarte mit viel Sand und Minaretten, die in Mutters Handschrift an mich adressiert war.

Auf der Rückseite standen die Gedichtzeilen gedruckt:

Nach Tageshitze von den Brunnen zieht
die Karawane langsam durch den Sand.
Schwarz wachsen Schatten. Glöckchen säumen sacht
die Goldene Straße hin nach Samarkand.

Darunter stand nichts weiter als:
Alles Liebe von Mutter.»

Ich mußte schon wieder heulen, diesmal vor Freude. Ich lief selig mit der Karte zu Vater: «Eine Karte von Mutter!»

«Na, und wo steckt sie inzwischen?»

«Auf der Goldenen Straße nach Samarkand.»

«Die Goldene Straße wird heute längst eine sechsspurige Autobahn mit Rasthäusern sein», sagte Vater.

Obwohl Vater ein Mann der Literatur war, konnte er einen in zehn Sekunden aus den schönsten Träumen auf die Erde zurückversetzen.

10

Der Sommer brachte noch viele goldene Tage. Dann kamen die Mähmaschinen und fraßen ihn fort; von früh bis spät hörte man ihr Klappern. An den Bäumen reiften die Früchte.

Ich weinte nicht mehr so viel, wenn ich auch, wie es schien,

Mr. Chisholm an Gloria verloren hatte. Oft trafen sie sich zu einem Spaziergang, und kam er wirklich einmal in unser Haus, um Gloria abzuholen, dann war ich nur jemand, der ihm die Tür öffnete. Mr. Chisholm versuchte nie wieder, meine Hand zu berühren.

Zum Harker's Clump ging ich nach wie vor hinauf, aber ich weinte dort nicht mehr. Eines Tages würde ich doch den Wrekin sehen, oder die Hügel von Yorkshire.

Oder Johnnie Wrighton. Einmal sah ich ihn, wie er die Kühe vom Melken zurückbrachte. Er schloß das Gatter hinter ihnen und kam zu mir herüber. «Gibt es den Wrekin überhaupt?» fragte ich ihn lachend. «Gibt es überhaupt etwas außer Shepherd's Delight?»

«Das möchte man manchmal bezweifeln, da die Leute so ausschließlich mit sich und ihrem Geschwätz beschäftigt sind. Wenn ich nur denke, was man alles über Ihren Vater tratscht», sagte er.

«Ich mag nicht, daß die Leute über meinen Vater reden», sagte ich. «Aber vielleicht ist es auch bloß dummes, harmloses Geschwätz.»

«Wissen Sie, es ist dieser verdammte Bankkassierer, der das alles aufgebracht hat.»

«Sie meinen Mr. Chisholm?» fragte ich.

«Ich habe es nur von meinem Vater gehört. Er sagt, die Leute im Dorfgasthaus sind nicht gut auf Chisholm zu sprechen. Sie finden, wenn jemand so eine Vertrauensstellung bei der Bank hat wie er, daß er dann – nun ja, einen untadeligen Lebenswandel haben sollte.»

«Wenn die Leute sich darüber aufregen, daß Mr. Chisholm ab und zu mit Miss Perkins spazierengeht, so ist es einfach töricht, daran moralischen Anstoß zu nehmen», sagte ich und versuchte, mir meine innere Erregung nicht anmerken zu lassen. «Aber ich muß jetzt nach Hause.»

«Ich habe zwar mein Arbeitszeug an, aber darf ich Sie ein Stück begleiten?»

Wir machten uns auf den Weg, und er fragte: «Das Dorf geht Ihnen wohl manchmal ein bißchen auf die Nerven, nicht wahr?»

«Ja, ein bißchen schon», sagte ich.

«Hätten Sie nicht Lust, am Mittwoch, am Halloweenfest, zum

Tanz mit mir in die Stadt zu fahren?»

Er hatte meinen Clifton einen verdammten Bankkassierer genannt. Ich ging stumm neben ihm, hin und her gerissen zwischen dem Wunsch, seine Einladung anzunehmen, und dem, meinem Angebeteten über allen Schmerz hinaus, den er mir zufügte, die Treue zu halten.

«Ich hätte Sie wohl gar nicht fragen dürfen», murmelte er leise.

Ich sah ihn an. Er kam mir heute so viel ernster und erwachsener vor. Aber ich blickte in das gleiche offene und freundliche Jungensgesicht, das ich kannte. Er hatte sich sicher nur aus Sorge um mich über Chisholm so heftig geäußert. «Aber ja», sagte ich. «Ich komme sehr gern mit.» Wer würde mich denn sonst schon einladen.

Wir waren jetzt an seinem Hof angekommen. Er sah mich an, seine Augen blinzelten in der Sonne.

«Also dann auf Wiedersehen. Ich werde Sie dann um sieben Uhr abholen.»

Ich nickte ihm lächelnd zu und ging weiter den Hügel hinunter. Aber alle in St. Winifred genossene Erziehung vermochte mich nicht daran zu hindern, mich noch einmal umzudrehen. Ja, da stand er noch, lächelte und winkte.

Als ich unten angelangt war, sah ich Agnes Buttle. Sie pflückte Skabiosen. «Hallo, Miss Buttle!» rief ich ihr aus einiger Entfernung zu.

Sie richtete sich auf. «Hallo, mein Kind.» Sie lächelte, aber irgendwie kam sie mir verlegen vor.

Sie hielt mir den bunten Strauß entgegen. «Sieht das nicht entzückend aus?» fragte sie. «Komm, Viola. Willst du nach Hause? Dann können wir ja zusammen gehen.»

«Aber gern», sagte ich. Sie nahm mich beim Arm und fragte: «Hast du unseren Freund Chisholm und seinen Schwarm da oben gesehen?»

«Nein.»

«Nun, vielleicht wollten die beiden auch gar nicht gesehen werden», sagte sie schelmisch. «Aber hinaufgegangen sind sie.»

Ich sah sie an. Sie lächelte – wie fast immer, doch heute lag etwas in diesem Lächeln, das mir nicht gefiel. Ein Glitzern. Das

Lächeln war wie ein Reflex in hartem Glas, nicht wie der Sonnenstrahl selbst. «Sie scheinen wirklich unzertrennlich», sagte sie und versetzte damit meinem Herzen einen spürbaren Stich.

Schweigend gingen wir weiter. Sie sah mich von der Seite an. Dann fragte sie: «Sie ist doch eine Freundin deiner Mutter, nicht wahr?»

Ich nickte. Dann schwiegen wir wieder, bis sie sagte: «Ich fürchte, seiner Laufbahn wird das nicht gerade guttun.» Das kam so leise heraus, daß ich dachte, sie spräche mit sich selbst.

Wir kamen an ein Gatter. Ich sagte: «Warten Sie, ich mache es auf.» Es dauerte lange, bis ich es aufgehakt hatte. Als ich mich umwandte, stand Agnes Buttle mitten auf dem Weg, ihre Hände hingen schlaff herunter, und Tränen rannen ihr über die Wangen.

«Aber Miss Buttle», sagte ich hilflos, «liebe Miss Buttle, was ist denn mit Ihnen los?»

Eine Weile stand sie da und sah mich mit einem leeren, fremden Blick an. Dann sagte sie: «Ach, meine Schwester – ich – sie ist sehr krank. Sie wird es nicht –»

«Lieber Gott», sagte ich. Ich bückte mich und hob die Blumen auf, die ihr aus der Hand gefallen waren. Es war das einzige, was ich im Augenblick tun konnte. «Das tut mir aber schrecklich leid», sagte ich. «Ich – ich wußte gar nicht, daß Sie noch eine Schwester haben.»

«Ich hab ja auch keine», stöhnte sie trostlos.

«Aber Sie sagten doch –»

Unter Tränen lächelte sie, schob ihren Arm wieder unter den meinen und sagte: «Weißt du, Viola, ich habe manchmal solche Depressionen, und dann komme ich mir dumm vor, wenn ich gar keinen Grund für meine Tränen angeben kann.»

«Das kann ich gut verstehen», sagte ich. Aber ich verstand überhaupt nichts. «Gibt es denn viel Ärger im Büro?» fragte ich dann. Miss Buttle war nämlich in den Gaswerken angestellt; meist braucht man sie nur darauf anzusprechen, dann plauderte sie munter drauflos: über Mr. Rumbolds komische Angewohnheiten, über Cynthias neuen Freund und die Schwächen des neuen Buchhaltungssystems.

Nach kurzer Pause antwortete sie: «Wir müssen das Formular P 74A seit kurzem in fünffach ausfertigen.»

«Tatsächlich?» fragte ich, um etwas zu fragen. «Und wie war es vorher?»

«Dreifach», antwortete sie seufzend. Und damit versiegte die Unterhaltung.

Als wir beim Krämer angelangt waren, sagte sie: «Willst du nicht eine Tasse Tee bei mir trinken? Das wäre nett.»

Wir stiegen also die linoleumbelegte Treppe hinauf. Ich war noch nie in ihrer Wohnung gewesen; sie war so winzig, daß sie schon allein deshalb gemütlich wirkte. Sie war ein Spiegelbild ihrer Bewohnerin. Ein Spruchkalender, eine Reproduktion der van Goghschen Sonnenblumen, ein paar Bände Lyrik, ein paar Taschenbücher, und auf dem Tisch lagen eine Frauenzeitschrift und ein paar Stapel Kirchenblätter, daneben stand eine Vase mit liebevoll arrangierten Zweigen und das Foto eines Mannes, der wie die personifizierte Anständigkeit aussah. «Mein Vater», sagte Miss Buttle. «Das Bild wurde am Tag seiner Pensionierung in der Bank aufgenommen. So, nun setz dich, ich mache uns geschwind eine Tasse Tee.» Und damit verschwand sie hinter dem Vorhang der Kochnische.

Ich ging hinüber zum Fenster. Es war eine ganze Fensterwand, die vom Boden bis zur Decke reichte, was bei einer so kleinen Wohnung überraschte. Die Welt da draußen lag vor einem wie ein riesiges Wandgemälde: Dächer, Schornsteine, Hügel und Bäume. Man hatte das Gefühl, am äußersten Rand einer Plattform über dem geschäftigen Treiben der Straße zu stehen.

Es war faszinierend, den Marktplatz, den ich so gut kannte, von hier aus zu betrachten. Ich konnte sehen, wie Mr. Burrows gegenüber einen Fisch auf die Waage warf und wie die Leute vor den Schaufenstern stehenblieben – und dann: dann sah ich Mr. Chisholm und Gloria lächelnd daherkommen.

Miss Buttle erschien mit dem Tee. Sie trat neben mich und blickte ebenfalls hinunter. «Ach, da sind sie ja schon wieder, die beiden Unzertrennlichen», sagte sie, aber es schwang eine Spur von Bitterkeit in ihren Worten mit.

Es schien, als könne sie den Blick gar nicht von ihnen abwenden. Endlich fiel ihr wieder ein, daß sie einen Gast hatte. «Komm, Viola, setzen wir uns. Der Tee wird sonst kalt», sagte sie. «Zukker, ja?»

51

II

Am Mittwoch dachte ich nicht mehr an meinen und Miss Buttles Kummer: ich ging mit Johnnie Wrighton zum Halloween-Tanz. Mit meinen Tanzkünsten war es nicht weit her, aber auch Johnnie war alles andere als ein flotter Tänzer. Jedesmal wenn er mir auf die Füße trat, bat er mich zerknirscht um Verzeihung. Richtig rührend. In seinem dunklen Anzug sah er aus wie ein kleiner Junge im Sonntagsstaat.

Auch von Getränken schien er nicht allzuviel zu verstehen. «Was möchten Sie trinken?» fragte er mit aufmunterndem Lächeln.

Ich verstand natürlich noch weniger davon als er. «Was trinken Sie denn?» fragte ich, um Zeit zu gewinnen.

«Ich trinke ein Bier.»

«Könnte ich eine Bloody Mary haben?» fragte ich, denn mir war gerade noch rechtzeitig eingefallen, daß die Heldin in dem Roman, den ich zur Zeit las, das immer trank.

Er ging an die Bar und kam mit den Gläsern zurück. «Wohl bekomm's», sagte er und blinzelte mir über sein Bierglas hinweg fröhlich zu.

Ich hatte irgendwo in einer Zeitschrift gelesen, daß man sich in den feinen Kreisen wortlos zutrinkt. Ich hob also mein Glas, lächelte zurückhaltend und trank dann einen Schluck. «Schmeckt sehr gut», sagte ich erfreut, «genauso wie Tomatensaft.»

Mein Glas war bald geleert, und Johnnie sagte: «Darf ich Ihnen noch eins holen?»

Ich trank also noch eine Bloody Mary. Dann tanzten wir, und auf einmal ging es sehr viel besser. Vielleicht hatten wir uns inzwischen eingetanzt. Mir war, als tanzte ich auf Wolken.

Wir gingen an unseren Tisch zurück. Johnnie war so nett. Alle Leute waren so nett. Am liebsten hätte ich die ganze Welt umarmt.

Der Saal wurde jetzt immer voller. Doktor Rodgers, der auch gekommen war, sah fabelhaft aus in seinem Smoking. Nach und nach erblickte ich lauter vertraute Gesichter. Da war ja auch

Agnes Buttle mit ihrer Freundin Miss Crayshaw, die mit ihr im gleichen Büro arbeitete. «Miss Buttle!» rief ich und winkte. «Huhu! Miss Buttle!»

Lachend kamen die beiden zu uns herüber. Johnnie erhob sich, und ich machte sie mit ihm bekannt. «Wollen Sie sich nicht an unseren Tisch setzen? Darf ich Ihnen etwas zu trinken holen?» fragte er.

Miss Buttle sagte sehr damenhaft: «Ja gern, einen süßen Sherry bitte.»

«Probieren Sie mal, was ich hier habe», riet ich ihnen. «Schmeckt fabelhaft. Johnnie – trinken wir doch alle Bloody Mary.»

Er brachte die Gläser, und wir tranken einander zu.

Die Musik setzte wieder ein. Johnnie und ich entschuldigten uns und gingen wieder auf die Tanzfläche.

Diesmal war es einer von den allerneuesten Tänzen, die offenbar niemand richtig beherrschte, bis auf ein junges Paar, zwei sehr junge Leute, die, jeder für sich, herumwirbelten, sich dann aber von Zeit zu Zeit bei den Händen faßten und hin und her warfen. Er tat das mit tiefernstem Gesicht, obwohl er sicher nicht älter war als vierzehn. Wie alt sie war, konnte ich nicht erkennen, da sie mir den Rücken zuwandte. Ich sah nur ihre langen Haare fliegen und den auffallend grellfarbenen Hosenanzug. Plötzlich wurde es mir klar. «Perse!» schrie ich. «Was machst du denn hier?»

Sie drehte sich, während sie immer weiter mit Armen und Beinen schlenkerte, lässig nach mir um. «Reg dich nicht auf, Vi – ich bin mit Gloria und ihrem Verehrer hier.» Ja richtig, da drüben tanzten ja auch Gloria und Mr. Chisholm innig miteinander. Ich war in solcher Hochstimmung, daß ich Mr. Chisholm am liebsten zugerufen hätte: ‹Werde glücklich mit ihr!›

Der Saal war aber auch wunderschön geschmückt. An der Decke schwebten lauter Hexen, und dazwischen hingen die Kürbislaternen, denn es war ja Halloween.

«Du, Johnnie», sagte ich, «es heißt doch immer, daß die Hexen an Halloween oben am Harper's Clump links herum tanzen, nicht?»

Lachend sagte er: «Na, ich habe sie jedenfalls noch nicht gesehen. Wollen wir mal rasch nachschauen?»

Und damit nahm er mich bei der Hand und zog mich nach draußen.

Strahlend stand der Mond über dem Städtchen. Kalt glänzten die Wagen auf dem Parkplatz. Wir stiegen in den Landrover, der Motor sprang an, und dann fuhren wir durch die im milchigen Licht liegende Landschaft. Die Hecken stoben davon im Licht der Scheinwerfer. Dann ging es bergauf. Lachend und singend rumpelten wir den ausgefahrenen Weg nach Harper's Clump hinauf. Johnnie stellte Motor und Licht ab, und plötzlich war es rings um uns totenstill. Wir stiegen aus und lehnten uns an den Zaun.

Die Welt schwamm in weichem Silberlicht. Weit unten im Tal flimmerte hier und da ein Licht. Ich blickte nach Westen. «Kein Wrekin zu sehen», sagte ich.

«Und auch keine Hexen», sagte er.

«Doch. Ich bin eine Hexe», sagte ich und rannte kichernd um die Bäume herum. Johnnie lief mir lachend nach. Wir waren wieder Kinder. Aber plötzlich hielten wir inne, standen still und waren wieder erwachsen. Mit großen Augen staunten wir uns an, unsicher, wie es jetzt wohl weitergehen sollte.

Langsam und ganz sacht küßte mich Johnnie auf den Mund.

Vielleicht hätte ich mich wehren sollen, aber der Augenblick war von solchem Zauber, daß ich mich an ihn schmiegte und seinen Kuß zärtlich erwiderte.

Schließlich gingen wir engumschlungen zum Wagen zurück.

Als wir vor unserem Haus ausstiegen, sagte Johnnie: «Süß siehst du aus im Mondenschein, und der kleine Schwips steht dir entzückend.»

«Wieso Schwips? Ich habe doch nur Tomatensaft getrunken.»

«Na, weißt du, Wodka war schließlich auch noch drin.»

Mir fuhr der Schreck in die Glieder. Hoffentlich hatte mir niemand etwas angemerkt. Meine Hochgefühle waren plötzlich dahin. «Vielen Dank auch noch einmal, Johnnie», sagte ich etwas gequält. Ich hoffte, er würde mich noch einmal küssen, aber anscheinend hatte er meinen Stimmungsumschwung bemerkt und bereute nun, daß er den Schwips überhaupt erwähnt hatte.

12

«Wo liegt Kuala Lumpur?» fragte Vater am nächsten Morgen beim Frühstück.

«In Malaysia», sagte ich. «Warum?»

«Weil da Mutter jetzt ist.» Er schob einen Brief in die Brusttasche.

«O Vater! Was schreibt sie denn?»

«Daß sie uns alle sehr liebhat. Es sieht ganz so aus, als würde sie mir alles verzeihen, was sie zu mir gesagt hat.»

«Ja, aber sie reist doch immer weiter weg», sagte ich verzweifelt. Meine Mutter fehlte mir jetzt mehr denn je.

Vater sah von seinem Ei hoch. «Wenn man weit genug reist, Viola, kommt man eines Tages wieder an den Ausgangspunkt zurück.»

«Hat das mit der Relativitätstheorie zu tun?» fragte ich.

«Nein, du Schaf», sagte Perse. «Das kommt daher, weil die Erde rund ist. Übrigens hast du gestern abend bei dem Gehopse was versäumt, Vi, nicht wahr, Gloria?»

«Ja, meinst du?» fragte Gloria.

«Klar. Als du das Weite suchtest, ging es erst richtig los. Was hat Chisholm überhaupt dazu gesagt, Gloria?»

«Gar nichts.»

«Mein Gott – hast du ihn denn gar nicht gefragt?»

«Nein. Aber er war ganz außer sich.»

«Was war denn los?» fragte ich.

«Die Buttle und Chisholm haben sich in die Haare gekriegt», sagte Perse.

Vater, der sonst, wenn man in seiner Gegenwart über andere Leute redete, gewöhnlich abschaltete, horchte auf und fragte: «Was erzählst du da, Persephone?»

«Na ja, daß Aggie Buttle Glorias Freund eine gelangt hat.»

«Aber warum denn, um Himmels willen?»

«Ich glaube, sie war eifersüchtig», sagte Gloria und schlug die Augen nieder. «Ich tanzte gerade mit Clifton einen Walzer, und auf einmal kam diese Dame auf uns zu und sagte zu Clifton, er solle sich schämen.»

«Ja, sie war eben eifersüchtig», schrie Perse. «Sie sagte, es sei eine Schande, wenn ein Mitglied des Kirchenvorstands einem Mädchen wie Gloria nachläuft. Und dann gab's eine allgemeine Prügelei, es war einfach phantastisch.» Sie holte tief Atem. «Mich hat's gar nicht gewundert, wo die Buttle doch den ganzen Abend eine Bloody Mary nach der anderen gekippt hat.»

Vater lachte laut auf. «Persephone, nun red keinen Unsinn. Miss Buttle trinkt weder Bloody Mary noch wird sie tätlich, vor allem nicht gegenüber ihrem teuren Chisholm.»

Perse war tief beleidigt. «Frag doch Vi, ob sie Bloody Mary getrunken hat.»

Ich ließ den Kopf hängen. «Ja, das stimmt», sagte ich, sagte aber nichts davon, daß ich es gewesen war, die die beiden dazu verführt hatte. Ich schämte mich in Grund und Boden.

In unserer Diele hing neben dem Telefon eine Trillerpfeife. Wenn jemand Vater sprechen wollte, pfiff man einmal ganz laut darauf, und Vater nahm das Gespräch auf seinem Apparat entgegen. Man konnte dann entweder den Hörer wieder auflegen oder auch alles mit anhören.

Das Telefon klingelte, als ich gerade mit dem Frühstückstablett durch die Diele ging. Ich nahm den Hörer auf. «Hier Viola Kemble.»

«Ich möchte deinen Vater sprechen, Vi», sagte der Pfarrer. Ich gab das Pfeifensignal. «Hier Kemble», hörte ich Vaters Stimme.

«Ah, Harry. Hier Sam. Leider etwas Unangenehmes schon am frühen Morgen. Soll ich es dir am Telefon sagen oder soll ich zu dir rüberkommen?»

«Rück schon raus mit der Sprache.»

«Schön. Der Kirchenvorstand hält es für besser, wenn du beim Abendgottesdienst nicht mehr die Kollekte durchführst.»

Schweigen. «Und warum?» fragte Vater kühl.

«Bedarf es wirklich einer Erklärung?»

«Ja, ich bitte darum.»

«Schön. Der Kirchenvorstand ist der Meinung, daß du mit Miss Perkins in wilder Ehe lebst.»

«So. Dieser Meinung ist er. Und bist du der gleichen Meinung?»

«Ich weiß es nicht», sagte der Pfarrer. «Du hast dich mir gegenüber dazu noch nicht geäußert.»

«Gut. Dann will ich es jetzt tun. Es stimmt nicht.»

«Sehr gut.»

«Du glaubst mir also?»

«Selbstverständlich.»

«Wird mir auch der Kirchenvorstand glauben?»

«Nein.»

«Dann können sie mir allesamt den Buckel runterrutschen.»

Schweigen. Dann sagte der Pfarrer: «Noch etwas. Einer meiner treuen Helfer erschien vorhin bei mir mit einem blauen Auge. Bei dem Fest gestern abend in der Stadt hat es eine Prügelei gegeben.»

«So?»

«Ja. Und dabei ging es um deine Haushälterin, Harry.»

«Um Gloria? Aber Sam, ich bitte dich – ich kenne sie seit Jahren.»

«Das mag ja sein, Harry», sagte der Pfarrer ernst. «Aber dieser Narr, dieser Chisholm, ist in sie verschossen. Und im übrigen ist man im Dorf, wie ich schon sagte, leider der Meinung, daß sie nicht nur deine Haushälterin ist. Die Situation ist also reichlich verworren und ärgerlich, ganz abgesehen davon, daß man dem jungen Chisholm auf der Bank auf die Dauer Schwierigkeiten machen wird. Tu mir einen Gefallen und schaff dir eine weniger attraktive Haushälterin an.»

«Ich denke nicht daran.»

«Es würde im übrigen auch die Leute beruhigen, wenn du Clementine dazu bewegen könntest, sich hier ab und zu einmal sehen zu lassen. Ließe sich das nicht einrichten?»

«Nein.»

«Aber warum denn eigentlich nicht?»

«Weil sie nämlich in Kuala Lumpur ist.»

«Aha, ich verstehe», sagte der Pfarrer. «Ja, dann –»

«Also, nun hör mal zu, Sam», sagte Vater darauf. «Ich führe hier ein verdammt ödes und klösterliches Leben. Glaub mir, viel Spaß macht das nicht, denn ich bin ja auch nur ein Mensch. Und wenn dein Kirchenvorstand und deine liebe Gemeinde noch lange so herumklatschen, dann lande ich eines Tages womöglich wirklich noch in Glorias Armen!»

«Unsinn», sagte der Pfarrer brüsk. «Bloß nicht noch Selbst-mitleid, Harry. Das paßt nicht zu dir.» Seine Stimme wurde jetzt etwas freundlicher. «Also auf Wiedersehen, alter Knabe. Komm doch gelegentlich mal rüber zu mir, dann läßt sich die Sache bereden.» Und damit legte er den Hörer auf.

Verschossen, hatte er gesagt! Aber mein Herz hatte diesmal keine Zeit, stillzustehen. Schon klingelte das Telefon wieder, und Perse nahm den Hörer auf und rief mich: «Dein Johnnie», ver-kündete sie.

Ich nahm den Hörer. «Hier Viola Kemble», meldete ich mich.

«Hier John Wrighton.» Seine Stimme klang unsicher und ner-vös. «Tag, Viola, ich – ich wollte bloß mal hören, wie es dir heute morgen geht.»

«Wenn du etwa denkst, ich habe einen Kater», sagte ich, «so muß ich dich enttäuschen.»

«Wunderbar», sagte er. «Ich wollte dir nur noch einmal da-für danken, daß du mitgekommen bist, Viola.»

«Oh, bitte. Es war nett, daß du mich mitgenommen hast.»

Ich hörte, wie er schluckte. «Wann sehen wir uns wieder?»

«Ja, das weiß ich noch nicht, Johnnie. Ich habe im Augen-blick sehr viel zu tun.»

«Ja, natürlich», sagte er schnell. «Das glaube ich dir gern. Aber es ist dir doch recht, daß ich angerufen habe?»

«Ja, natürlich. Du darfst immer anrufen.»

«Danke», sagte er und schluckte noch einmal. «Dann also bis zum nächstenmal.»

«Wiedersehen», sagte ich und legte den Hörer auf.

13

Während früher unser Leben sanft und stetig dahingeflossen war, bildete es jetzt, wie ein Fluß, der sich den Stromschnellen näher-te, immer wieder Wirbel und Strudel.

Trubshaw hatte es plötzlich mit der Schule und beklagte sich bitter, daß es samstags und sonntags keinen Unterricht gab. Als ich einmal seine Lehrerin im Autobus traf und sagte: «Nicholas zeigt jetzt mehr Eifer, nicht wahr?», sah sie mich nur erstaunt an, ließ mich ohne jede Antwort und stieg auch bald darauf aus.

Von Mutter hatte ich zwar eine Ansichtskarte bekommen, aber sie war noch immer in Kuala Lumpur.

Miss Buttle ließ sich kaum noch sehen.

Auch Johnnie Wrighton ließ nichts mehr von sich hören. Einmal, im Dorf, hatte ich deutlich das Gefühl, daß er mir auswich. Ich sah ihn noch ein paarmal oben auf Harker's Hill, wo er ein Feld pflügte, aber er winkte mir nur zu, ohne den Traktor anzuhalten. Irgendwie tat mir das leid. Er war ein netter Junge, und ich hatte ihn gern. Hätte mein Herz nicht immer noch an Clifton Chisholm gehangen, dann hätte ich mich vielleicht sogar in Johnnie verliebt.

Am meisten Sorge machte ich mir um Perse. Stundenlang hielt sie sich in ihrem Zimmer auf. Was tat sie bloß? Man hätte auf den Gedanken kommen können, sie schriebe dort einen Roman.

Sie war überhaupt nicht ansprechbar, und ich sah sie auch kaum einmal allein, bis zu dem Tag in der Adventszeit, als wir an der Reihe waren, den Altar mit Blumen zu schmücken.

Perse hätte die Blumen einfach mit dem Bindedraht in die Vase gesteckt. Deshalb hatte ich vorgeschlagen, daß wir uns die Arbeit teilten. Und während Perse in der Sakristei die Vasen mit Wasser füllte, ordnete ich die Blumen und trug sie nach vorn zum Altar.

Ich war gerade dabei, eine Vase hinzustellen, als ich hinter mir eine Stimme hörte: «Viola, würden Sie mir einen Gefallen tun?»

Ich fuhr herum, eine große bronzefarbene Chrysantheme in der Hand.

Mr. Chisholm! Er stand auf den Stufen des Altars. Ich war so überrascht, daß ich jede Zurückhaltung vergaß und rief: «Jeden, Mr. Chisholm! Ich würde alles für Sie tun.»

Er sah mich verwundert an. «Würden Sie Ihrem Vater bitte sagen, daß die Sitzung des Kirchenvorstands heute schon um halb acht anfängt und nicht erst um acht?»

«Ja», sagte ich verwirrt, und meiner zitternden Hand entfiel die Blume. Wir bückten uns beide danach, und unsere Hände berührten sich. Sein Gesicht war dem meinen ganz nahe. Ich kannte mich selbst nicht mehr. Ich schloß die Augen und streifte mit den Lippen seine Wange.

Als ich die Augen wieder öffnete, sah er bestürzt und glutrot im Gesicht aus. Der Vorfall schien ihm eher ärgerlich. Wer weiß, was er vielleicht getan hätte, wenn Miss Buttle, die hinten in der Kirche gerade ihren kleinen Schriftenstand auffüllte, nicht demonstrativ geräuschvoll hinausgegangen und Perse nicht ausgerechnet in diesem Augenblick mit der nächsten Blumenvase erschienen wäre.

«Danke, Viola», sagte Mr. Chisholm förmlich. «Ich wäre Ihnen sehr verbunden, wenn Sie das Ihrem Vater ausrichten wollten.» Und damit verschwand er in der Sakristei.

Perse sagte spöttisch: «Na, der hat's aber eilig, von dir wegzukommen.»

Ohne jede Vorwarnung geschah dann plötzlich eines Morgens etwas ganz Schreckliches. Ich war früh aufgestanden und kam herunter. Draußen war es winterlich feucht und grau. Ich hatte die Post in den Kasten fallen hören und nahm sie heraus. Wieder war ein Brief aus Guernsey für Mutter dabei, ferner ein Pakken Briefe für Vater und schließlich ein auffallender dünner, quadratischer Briefumschlag ohne Absender, der an mich adressiert war. Er kam mir verdächtig vor.

Ich riß den Umschlag auf, aber bevor ich den Brief noch lesen konnte, kam Trubshaw ins Zimmer gestolpert und wollte sein Frühstück. «Ein Junge in meiner Klasse ist schwanger», verkündete er.

«Red keinen Blödsinn, Trubshaw. Nur Mädchen werden schwanger, und auch nur, wenn sie verheiratet sind.»

Er sah mich verblüfft an.

«Hier ist dein Porridge», sagte ich.

«Arthur Mason hat gesagt, sein Urgroßvater hat mal Porridge gegessen und ist dann gestorben.»

«Na, vorher konnte er ja nicht sterben, nicht wahr?» sagte ich und nahm ihm die Pointe. Er sah gekränkt aus.

Ich füllte ihm den Teller. Vielleicht war es gar nicht *so* ein Brief.

Ich wollte ihn so schnell wie möglich lesen. Ich reichte Trubshaw das Glas mit Honig, gab ihm einen Löffel und ging hinaus. Ich wußte zwar, daß nachher der ganze Eßtisch kleben würde, aber ich rannte nach oben und schloß mich in meinem Zimmer ein. Ich zog den Brief aus der Schürzentasche. Meine Hände zitterten so stark, daß ich ihn kaum aus dem Umschlag bekam. Ich flog an allen Gliedern vor Widerwillen.

Auf billiges Konzeptpapier waren einzelne ausgeschnittete Buchstaben aufgeklebt. Ich starrte auf das Blatt, aber mein Gehirn weigerte sich, die Worte aufzunehmen.

Ich saß auf dem Bett und starrte dumpf vor mich hin. Bis zu diesem Augenblick war mein Leben sorglos und behütet gewesen, aber nun lauerte das Böse auf mich.

Die Worte verschwammen vor meinen Augen: WENN DU IHN NICHT IN RUHE LÄSST, BRINGE ICH DICH UM.

Der Brief ängstigte mich, aber ich war auch zornig. Ich sah auf den Poststempel. Derby. Das bedeutete überhaupt nichts. Wir alle waren ab und zu in Derby.

Wer? Diese Frage nagte an mir. Wer bloß? Perse hatte mir von den anonymen Briefen in Berkshire erzählt. Aber es war doch undenkbar ...

Nein, es konnte nicht Perse gewesen sein. Aber als ich mit der Vormittagsarbeit fertig war, das Geschirr gespült, eingekauft und das Mittagessen vorbereitet hatte, ging ich zu ihr hinauf.

Sie war dabei, gymnastische Übungen zu machen. «Hallo, Vi», sagte sie. «Ich hoffe, davon kriege ich einen richtigen Busen.»

Ich setzte mich aufs Bett und fragte ohne Umschweife. «Na, hast du kürzlich ein paar saftige anonyme Briefe geschrieben?»

Sie turnte ungerührt weiter. Dann schien sie plötzlich zu verstehen. «Vi! Sag bloß nicht, du hast einen gekriegt! Den mußt du mir unbedingt zeigen!»

«Kommt gar nicht in Frage», sagte ich freundlich.

«Du Ekel. Ekel-Ekel-Ekel!» rief sie. Und dabei turnte sie wie wild weiter.

Ich stand auf und ging auf die Tür zu.

«Vi, bitte, zeig ihn mir doch!» bettelte sie.

Ich schüttelte den Kopf. Sie streckte mir die Zunge heraus.

Ich schlug die Tür hinter mir zu. Nein, Perse konnte es nicht gewesen sein. So konnte sie sich nicht verstellen. Im Grunde war ich froh, denn der Gedanke, daß Perse zu so etwas imstande sein sollte, wäre doch zu erschreckend gewesen. Aber wer war es dann gewesen? Der Gedanke, daß jemand mich so sehr haßte, daß er bereit war, mich umzubringen, war noch erschreckender.

Es schien doch ein unheilvoller Stern über meiner Liebe zu Mr. Chisholm zu stehen, wenn so etwas Böses dabei herauskam. Die Last des Geheimnisses drückte mich nieder. Aber ich brachte es nicht fertig, mich Vater anzuvertrauen.

Doch gerade jetzt, in diesem verzweifelten Augenblick, geschah etwas, das ich selbst niemals für möglich gehalten hätte.

Es klingelte an der Haustür. Ich wagte nicht zu öffnen und schob nur die Gardine ein wenig beiseite. Draußen stand Clifton Chisholm.

Ich öffnete und sagte: «Tag, Mr. Chisholm. Gloria ist in der Küche, sie kocht das Abendessen. Gulasch.»

Und dann sagte er zu meiner größten Überraschung: «Ich will gar nicht Miss Perkins sprechen. Ich möchte mit Ihnen sprechen, Viola.»

Es verschlug mir den Atem. Ich führte ihn ins Wohnzimmer, schloß die Tür und sagte: «Bitte nehmen Sie Platz, Mr. Chisholm.» Erwartungsvoll blickte ich ihn an.

«Viola, Sie haben – Sie haben mich neulich geküßt. War das nur eine flüchtige Regung? Oder bedeute ich Ihnen etwas?»

Mein Herz klopfte wie das eines Vogels. Verlegen und schüchtern senkte ich den Kopf. «Ja», flüsterte ich.

Als ich wieder aufblickte, sah ich in seinem Gesicht nicht den glücklichen Ausdruck, den ich erwartet hatte. Aber er stand da und legte mir die Arme um die Schultern. «Viola – glauben Sie, daß Sie eines Tages an eine Heirat mit einem Mann wie mir denken könnten?»

Nie hatte ein Singvogel so jubiliert wie mein Herz. «Aber ja, Clifton», rief ich, schlang meine Arme fest um seinen Hals und bedeckte sein geliebtes Gesicht mit Küssen.

Verlegen sagte er: «Es wird natürlich noch Jahre dauern, bevor ich an eine Heirat oder auch nur an eine offizielle Verlobung denken kann. Und du bist so jung – es wäre nicht fair, wenn ich erwartete, daß du dich jetzt schon fest bindest.»

«Ach, liebster Clifton», sagte ich zärtlich, «ich habe mich ja schon gebunden, als ich dich zum erstenmal sah. Nur hatte ich kaum noch gehofft . . .»

Er nahm meine Hand und sagte seufzend: «Viola, vielleicht hast du geglaubt, daß ich mich zu Gloria hingezogen fühle. Aber glaub mir, wir sind nur Freunde.»

Er führte mich zum Sofa und ließ sich feierlich nieder. «Hör zu, Viola», begann er, «eine Heirat oder auch eine offizielle Verlobung kommt leider, das mußt du verstehen, fürs erste nicht in Frage. Vergiß nicht, du bist erst siebzehn. Aber ich dachte», und er zog aus seiner Tasche einen Ring heraus, «dies hier würde dir Freude machen und du würdest es von nun an als ein Zeichen unserer Liebe tragen.» Und er schob mir den Ring auf den vierten Finger meiner linken Hand.

Ich brachte vor Rührung kein Wort hervor, sondern saß nur töricht lächelnd da und blickte abwechselnd auf Clifton und den Ring. Und durch meine Tränen funkelte der Diamant.

Ich hätte den ganzen Abend so in verzücktem Schweigen mit ihm dasitzen mögen, aber da blickte Clifton auf seine Uhr, und sich hastig erhebend sagte er: «Du meine Güte, es ist ja schon nach sieben. Der Pfarrer erwartet mich zu einer Besprechung.» Er gab mir einen flüchtigen Kuß auf die Stirn und war auch schon verschwunden.

14

Wir saßen beim Abendessen. Perse spießte gerade einen Kartoffelchip auf und hob die Gabel zum Mund, da hielt sie plötzlich wie erstarrt inne. «Vi!» schrie sie auf. «Von wem hast du den Ring?»

«Von Mr. Chisholm», sagte ich, als sei es das Selbstverständlichste von der Welt.

«O Vi!» Sie stieß ihren Stuhl zurück, sprang auf, lief um den Tisch und fiel mir um den Hals. «Darf ich Brautjungfer werden?»

Vater blickte auf und griff nach der Essigflasche. Der Anblick seiner innig umschlungenen Töchter erstaunte ihn offensichtlich. «Was ist denn los?» fragte er.

«Na, sieh doch bloß mal!» rief Perse strahlend aus und hielt, wie der Schiedsrichter im Boxring, wenn er den Sieger verkündet, meine linke Hand hoch.

«Gott steh mir bei», sagte Vater und wurde blaß. «Wer – wer hat dir den gegeben?»

«Clifton Chisholm», sagte ich und platzte fast vor Stolz.

«Chisholm? Na, bevor der mal genug verdient, um heiraten zu können, wird noch allerhand Zeit vergehen», sagte er. Es klang erleichtert.

«Oh, so lange wird's nicht dauern», sagte ich. «Hast du was dagegen?»

«Aber nein», sagte Vater hastig. «Er ist ja ein netter Junge. Bloß, Vi – du bist doch gerade erst aus der Schule!»

Schweigend aßen wir weiter. Als das Abendessen beendet war, erhob sich Vater und sagte zu mir: «Weißt du, Viola, wenn du abgewaschen hast, komm doch einmal zu mir in mein Arbeitszimmer. Ich möchte mit dir reden.»

Ich machte mich also ans Geschirrspülen. Der schreckliche Brief knisterte noch in meiner Schürzentasche. Über all der Aufregung hatte ich ihn ganz vergessen. Wenn dieser Brief nicht gewesen wäre, dachte ich, hätte es der glücklichste Tag meines Lebens sein können.

Irgendwie mußte ich in diesem Zusammenhang an Miss Buttle denken. Sie hatte sich in letzter Zeit so merkwürdig benommen. Je mehr ich darüber nachdachte, um so sicherer war ich, daß sie diesen Brief geschrieben hatte. Sobald ich das Gespräch mit Vater hinter mir hatte, wollte ich zu ihr gehen und es ihr auf den Kopf zusagen.

Als ich dann in Vaters Arbeitszimmer trat, musterte er mich lächelnd und aufmerksam. «Nun, mein Kind – du willst also den jungen Chisholm heiraten?»

«Ja, Vater.» Ich war gewappnet. Ich würde Clifton heiraten,

64

komme, was da wolle.

«Nun, ein leichtes Leben wirst du dir da nicht erhoffen dürfen. Chisholm hat es noch nicht sehr weit gebracht, auch wenn er beruflichen Ehrgeiz hat. Und vergiß nicht, daß er nebenher auch noch für die Gemeinde arbeitet, er wird nicht viel freie Zeit für dich haben.»

«Dann helfe ich ihm eben.»

Vater schien gerührt zu sein. Er stand auf, beugte sich über den Schreibtisch und küßte mich. «Gut, dann ist das also erledigt. Und ich hoffe nur und wünsche dir, daß du sehr glücklich wirst, mein Kind.»

«Oh, Vater, ich danke dir», sagte ich, ebenfalls voller Rührung.

Er setzte sich wieder. Und sein Gesicht wurde ernst.

«Eines allerdings dulde ich unter gar keinen Umständen», sagte er, «daß du dir irgendwelche Sorgen um mich machst. Trubshaw, Persephone und ich, wir kommen schon irgendwie durch.»

«Durch? Wie meinst du das?» fragte ich verwirrt. «Du hast doch Gloria, und außerdem –»

Er zwinkerte mir listig zu. «Na, du weißt ja, sie ist nicht gerade eine enorme Hilfe im Haus, nicht wahr? Aber Persephone wird sich schon mausern und in ihre häuslichen Pflichten hineinwachsen.»

Mir wurde ganz elend bei dem Bild, das er da ausmalte und vor meinen Augen entstehen ließ. Ich war selbstsüchtig gewesen und wollte das um jeden Preis wiedergutmachen. «Ja, Vater, ich hatte den Eindruck, daß Clifton auch gar nicht sofort heiraten will», sagte ich.

«Ah», sagte Vater. Es klang sehr erleichtert.

«Er meint, es könne noch ein oder zwei Jahre dauern, bis wir soweit sind.»

Vater lehnte sich in seinem Sessel zurück und sagte: «Sehr vernünftig, das habe ich, offen gestanden, von dem jungen Mann auch erwartet. Andererseits weiß ich natürlich, daß ein junges Mädchen es kaum abwarten kann.»

Es war mir jetzt unbegreiflich, daß ich noch vor wenigen Minuten so egoistisch hatte denken können. «Nein, nein, Vater», sagte ich, «ich bleibe bei dir, solange du mich brauchst.»

Er stand auf. «Nein, mein Liebling, davon wollen wir nicht reden, daß ich dich brauche. Aber Persephone und Trubshaw, um die geht es mir. Die beiden sind noch klein, und ich meine, sie brauchen vielleicht doch mehr Liebe und Fürsorge, als ein Mann ihnen geben kann.»

Nachdenklich ging ich hinaus.

Am nächsten Nachmittag wollte ich zu Miss Buttle gehen, denn ich mußte ja etwas wegen dieses widerlichen Briefes unternehmen.

Ich machte mich besonders sorgfältig zurecht, schminkte mir die Lippen mit einem modischen Blaßrosa und legte zum erstenmal Lidschatten auf. Dann steckte ich den Brief in meine Handtasche und machte mich bei unfreundlich grauem Himmel auf den Weg.

Ich war noch nicht weit gekommen, da lief ich Johnnie Wrighton in die Arme. «Hallo, Viola», sagte er, «ich hatte immer schon gehofft, dich einmal zu treffen.»

«Ja?» sagte ich und gab mir Mühe, es nicht zu ermutigend klingen zu lassen.

Er sagte: «Du hast sicher nicht viel Zeit. Aber können wir nicht im Dorfgasthaus eine Tasse Kaffee zusammen trinken?» Er sah mich unsicher an, aber er hatte mich ja in einer solchen Kriegsbemalung auch noch nie gesehen.

«Nein, im Moment wird das leider nicht gehen, Johnnie», sagte ich und hielt ihm meine Hand mit dem Ring vor die Augen.

Alle Farbe wich aus seinem Gesicht. Heiser fragte er: «Wer ist es?»

Ich hätte fast gesagt, der ‹verdammte Bankkassierer›, aber ich hatte ihn schon genug gekränkt. Und so sagte ich nur schlicht: «Mr. Chisholm.»

Er sah zu Boden. «Ach so», sagte er. Dann hob er den Kopf und lächelte mich an. Er streckte mir die Hand entgegen und sagte: «Dann wünsche ich dir von Herzen alles Glück, Viola.» Und damit stürzte er davon.

15

Ich stieg die alte, steile, linoleumbelegte Treppe zu Miss Buttles Wohnung hinauf und klingelte.

Die Tür wurde nur einen Spaltbreit geöffnet, und Miss Buttle spähte heraus. Sie schien mich nicht gleich zu erkennen. «Ach, Viola, du bist's. Komm nur herein», sagte sie schließlich. Sie schien nicht sonderlich über meinen Besuch erfreut. Sie wandte sich um und ging ins Zimmer zurück.

Zögernd blieb ich auf der Schwelle stehen. Über die Schulter warf sie mir einen gereizten, ungeduldigen Blick zu. «Steh doch nicht so dumm da herum, komm endlich herein.» Ich trat ins Zimmer. Sie setzte sich und starrte mich an. «Du hast die Tür offen gelassen.» Ich schloß sie, wobei mich ein leichtes Gefühl der Unsicherheit überkam.

Die Luft im Zimmer war stickig und verbraucht. Miss Buttle sprang wieder auf, räumte Bücher und Zeitschriften vom Sofa und versetzte dem Kissen einen kleinen Knuff. «Ist es stickig hier drinnen?»

«Ja, da Sie schon fragen, ein bißchen schon, wirklich.»

«Wirklich?» äffte sie mich nach und sagte dann fast boshaft: «Nun, du wirst dich damit abfinden müssen. Diese ewige Hausarbeit und dazu das Büro mit diesem blödsinnigen Computer, der einen fix und fertig machen kann. Es sind die Nerven, hat Dr. Rodgers gesagt. Ein Nervenzusammenbruch. Willst du ein Glas Saft oder eine Tasse Tee?»

«Tee, bitte», sagte ich.

Sie ging wortlos in die kleine Kochnische. Ich blieb nervös sitzen. Nie zuvor hatte ich solche Angst ausgestanden. Ein fremdes Wesen schien von Miss Buttle Besitz ergriffen zu haben. Ich trat ans Fenster und zwang mich hinauszusehen.

Dann hörte ich hinter mir eine leise Bewegung und fuhr herum. Miss Buttle stand direkt hinter mir. Sie hatte die Hände erhoben, als wollte sie mich bei den Schultern packen. «Ich wollte dir nur den Mantel abnehmen», sagte sie. Ihr Blick war leer und ausdruckslos. «Es ist heiß hier drinnen. Aber setz dich doch hin.»

Ich setzte mich auf das Sofa. Miss Buttle stellte ein Tischchen vor mich hin und ging wieder in die Kochnische. Sicher holte sie jetzt den Tee – die Kanne, Tassen, Milch und Zucker, alles hübsch auf einem Tablett vorbereitet, wie sie das auch das letzte Mal getan hatte.

Als sie aber hereinkam, trug sie nur eine Tasse Tee in jeder Hand. «Hier, das ist deine Tasse», sagte sie bestimmt. «Zucker ist schon drin.»

Ich stellte die Tasse vor mich auf das Tischchen. Miss Buttle redete unaufhörlich. «Alles muß man jetzt fünffach ausfertigen. Kein Wunder, wenn die Leute da krank werden. Mein Vater hat immer gesagt: ‹Die doppelte Buchführung hat oft auch einen doppelten Boden!› Mein Vater konnte sehr witzig sein. Aber nun laß deinen Tee nicht kalt werden.»

«Ich warte lieber noch ein bißchen, er ist mir noch zu heiß», sagte ich.

«Ich hatte eine Tante, die konnte ihn auch so heiß nicht trinken. Sie ist später ins Altersheim gekommen.»

«Die Ärmste.»

Auf einmal beugte sie sich zu mir herüber. Ich fuhr erschreckt zurück, aber sie wollte mir nur etwas zuflüstern. «Weißt du was? Dr. Rodgers wollte, daß ich zum Psychiater gehe. Ich denke nicht daran! Ich habe dir zwei Stück Zucker hineingetan, ist das genug?»

«Ja, sehr schön. Vielen Dank, Miss Buttle.»

«Trink doch endlich, ich habe draußen noch mehr Tee. Nein, zu einem Psychiater gehe ich nicht.»

Wenn du ihn nicht in Ruhe läßt, bringe ich dich um. Konnte sie das wirklich geschrieben haben? Mir war zwar etwas unheimlich, aber sie tat mir zugleich auch schrecklich leid. Dieses kleine graue Geschöpf mit der klanglosen, verzweifelten Stimme war so völlig verschieden von der Aggie, die ich früher gekannt hatte. Der Tee sah so harmlos aus – sollte sie es wagen?

Ich hatte sie ohne Umschweife mit dem Brief konfrontieren wollen. Aber mein Mut hielt gewöhnlich nur so lange vor wie mein Zorn und war hier in einem Strom von Mitleid und Anteilnahme untergegangen.

Immerhin wollte ich herausfinden, wie sie reagierte. Ich streckte ihr die linke Hand hin und sagte: «Ich muß Ihnen doch meinen Verlobungsring zeigen, Miss Buttle.»

Sie sagte: «Doreen Watts bei uns im Büro, die redet auch immer davon, daß sie sich verloben will. Aber das glaube ich erst dann, wenn sie es wirklich tut, eher nicht.»

«Den hat mir Clifton Chisholm gegeben», sagte ich und wartete gespannt.

Da packte sie auch schon heftig meine Hand und starrte auf den Ring. Sie schwieg lange. Dann gab sie meine Hand wieder frei. Ihr Gesicht war völlig ausdruckslos. Ihre Hände lagen jetzt im Schoß und verkrampften sich ineinander, so als suchten sie einen Halt. Endlich sagte sie: «Ich glaube, du magst meinen Tee gar nicht.»

«Wir müssen allerdings warten, bis Clifton beruflich so weit ist.»

Sie brach in Lachen aus, in ein schreckliches, unheimliches Gelächter. Dann sagte sie ernst: «Das ist ja unglaublich komisch!» und schüttelte den Kopf.

Ich weiß, ich hätte nicht wütend werden dürfen. Aber schließlich hatte ich mich mit Clifton Chisholm verlobt, und darüber sollte niemand lachen, auch Miss Buttle nicht, so unzurechnungsfähig sie auch sein mochte.

Ich stieg über ihre Beine in den dicken Strümpfen und flachen Schuhen hinweg und hielt ihr den Brief unter die Nase. «Haben Sie das geschrieben?»

Mit stumpfem Blick starrte sie auf den Umschlag.

«Los», sagte ich. «Nehmen Sie ihn heraus. Lesen Sie den Brief.» Meine Stimme überschlug sich. Ich hatte das Gefühl, mich nicht mehr beherrschen zu können.

Sie las den Brief und sagte dann ruhig, ohne aufzublicken: «Hinaus.»

Ich rührte mich nicht. «Haben Sie das geschrieben? Ja oder nein?» fragte ich.

Sie stand auf. Jetzt war sie nicht mehr die bedauernswerte kleine Person von vorhin. Auf einmal ging wieder Würde von ihr aus. «Viola», sagte sie, «du, sogar du, Viola», und ließ den Brief fallen.

Ich kam mir töricht und gedemütigt vor. Ich hob den Brief

auf und blieb unschlüssig stehen.

«Setz dich, Viola», sagte sie und nahm mich bei der Hand. «Ich muß mit dir sprechen. Über den Brief und über meinen früheren Verlobten.»

Widerstrebend setzte ich mich. «Ihr früherer Verlobter?» fragte ich nachsichtig. Nun ging es schon wieder los mit dem wirren Gerede, dachte ich. Die Arme.

«Jawohl, mein Kind. Ich spreche von Clifton Chisholm, diesem schäbigen Kerl.»

Ich sprang auf. «Sie vergessen, daß ich mit Mr. Chisholm verlobt bin», rief ich.

Energisch zog sie mich wieder auf das Sofa zurück. Sie nahm meine Hand und drückte sie freundlich. «Es hat mich sehr gekränkt», sagte sie, «daß du mir so etwas wie diesen Brief zugetraut hast. Aber jetzt glaubst du das doch nicht mehr von mir, nicht wahr?»

«Nein, natürlich nicht, Miss Buttle», log ich angstvoll.

Sie schien mich gar nicht gehört zu haben. Zusammengesunken saß sie da und starrte auf die glühenden Spiralen des kleinen elektrischen Ofens.

Ich verlor die Geduld. «Miss Buttle, Sie wollen doch nicht im Ernst behaupten, daß Mr. Chisholm je die Absicht hatte, Sie zu heiraten.»

Lange rührte sie sich nicht. Dann sagte sie verächtlich: «Doch – aber er war nur auf mein Geld aus, das mir Vater hinterlassen hat, und da ich es ihm nicht anvertrauen wollte, hat er mich einfach sitzen lassen.»

«Aber er ist doch viel zu jung für Sie», sagte ich und empfand selbst, wie häßlich meine Worte klangen.

Sie schüttelte den Kopf. «Wir sind nur zehn Jahre auseinander, und er sagte immer, das wäre ganz bedeutungslos. Und ich dachte, er braucht jemand, der ihn ein bißchen bemuttert.»

Ich stand auf, stellte mich vor sie hin, streckte die Hand aus, faßte sie unters Kinn und hob ihr Gesicht hoch. «Wie konnten Sie nur so etwas denken!»

Mit einer ärgerlichen Bewegung schlug sie meine Hand beiseite. Ihr Kopf sank nach unten, und sie starrte wieder auf den elektrischen Ofen zu ihren Füßen.

Aber er war nur auf mein Geld aus . . .

. . . sagte Miss Buttle. Geld macht schön, heißt es bei García Lorca, und Geld macht sinnlich, heißt es bei Brecht. Wäre die Natur gerecht, müßten alle Häßlichen reich geboren sein.

Ein Sprichwort der Schotten, die es wissen müssen, warnt: Heirate nie des Geldes wegen, es kommt billiger, wenn du es borgst.

Pfandbrief und Kommunalobligation

Meistgekaufte deutsche Wertpapiere - hoher Zinsertrag - bei allen Banken und Sparkassen

Verbriefte Sicherheit

Die arme Miss Buttle wußte einfach nicht mehr, was sie sagte und tat. Aber ich war schließlich kein Psychiater, sondern die Verlobte des Mannes, den sie verleumdet hatte. «Miss Buttle», sagte ich steif und ging zur Tür, «ich hoffe nur, daß Sie gar nicht wissen, was Sie da eben eigentlich alles gesagt haben.» Wütend schlug ich die Tür hinter mir zu und sauste die Treppen hinunter.

16

Von Mutter kam eine verfrühte Weihnachtskarte – aus Rio de Janeiro.

«Allmächtiger», sagte Vater, «das erinnert mich daran, daß Weihnachten vor der Tür steht. Was tun wir nur bloß?» Er sah mich erwartungsvoll an.

Vater ließ nicht locker. «Weiß vielleicht einer von euch, wie man einen Puter füllt und zubereitet?»

Schweigen. «Wahrscheinlich kann man ihn fertig kaufen, tiefgekühlt», sagte Perse.

«Ganz wie bei Dickens. Sonst noch interessante Vorschläge?»

«Müßten wir nicht Tante Clarissa einladen?» fragte Trubshaw.

«Lieber einen trockenen Kanten», sagte Vater lachend, «als einen fetten Puter mit Verwandten.»

Es gibt kein zweites Fest, dessen Kommen sich so aufdringlich ankündigt wie Weihnachten. Kaum hat der Herbst angefangen, schon geht es los. Anzeigen mit Christschmuck in den Zeitungen, seitenlange Listen mit Geschenkvorschlägen in den Frauenzeitschriften, mit Weihnachtsmännern dekorierte Schaufenster, und dann treffen auch schon die ersten Weihnachtskarten ein. Zum Beispiel ein weiblicher Akt mit drei Brüsten von Lancelot, dem vogeläugigen Zeitschriftenknaben, ein Krippenbild von Tante Clarissa und Onkel Walter und eine Radierung des Verwaltungsgebäudes der Midland Bank von Clifton Chisholm.

Jedes Jahr schlich sich das Fest wie auf Wattesohlen heran und überfiel einen dann. Eben war noch ein ganzer Monat Zeit gewesen – und plötzlich war es dann soweit.

Ich hatte Spielzeug für Trubshaw gekauft und ein paar hübsche Kleinigkeiten für Perse, eine Kette für Gloria und ein Buch für Vater. Draußen spielte die Heilsarmee ‹God Rest Ye Merry›. Und dann klingelte auch schon der Schlachterjunge mit dem Puter an der Hintertür, und Mr. Chisholm stand an der Vordertür! Ich rannte nach hinten, riß den Puter an mich, warf ihn auf den Küchentisch, gab dem Jungen ein Trinkgeld, rannte nach vorn, öffnete die Tür und fiel meinem Liebsten um den Hals. «Fröhliche Weihnachten, mein Liebling!»

«Danke, Viola», sagte er. «Kann ich dich einen Augenblick sprechen?»

«Natürlich, komm nur herein», sagte ich und führte ihn ins Wohnzimmer.

Er stellte sich vor den Kamin und sagte: «Ich wollte dir etwas erzählen, was dir sicher Freude macht und was du deshalb als erste erfahren sollst.»

«O ja, fein, erzähl doch.»

«Wir müssen uns leider eine Zeitlang trennen, Viola», sagte er.

«Trennen? Warum denn, um Gottes willen?»

«Ich bin zum Hauptkassierer einer unserer Filialen in Somerset ernannt worden. Das wollte ich dir doch gleich sagen.»

«Herrlich!» Ich schlang ihm beide Arme um den Hals. «Liebster, dann ist es ja soweit! Wir können heiraten.»

«Viola, du mußt das wirklich verstehen und dich auf mich verlassen. Ich halte es für richtiger, wenn ich erst einmal allein dorthin fahre und du später nachkommst.»

«Clifton», sagte ich, «hör endlich auf, mich wie ein Kind zu behandeln. Ich bin schließlich deine Braut.» Ich hielt den Ringfinger in die Höhe. «Und ich habe ein Recht darauf, als deine Frau mit dir zu kommen. Wann gehst du denn?»

«Ach – nicht vor dem Frühjahr.»

«Schön, dann haben wir ja noch viel Zeit. Das Aufgebot in der Kirche werden wir für den ersten Sonntag nach Weihnachten bestellen. Dann können wir im Februar heiraten.»

«Aber deine Eltern, Viola? Du brauchst doch ihre Einwilligung.»

«Mit Vater werde ich schon fertig», sagte ich.

Gleich nachdem er gegangen war, rief ich den Pfarrer an. «Hier ist Viola Kemble, Herr Pfarrer. Clifton Chisholm und ich wollen heiraten. Ich rufe Sie wegen des Aufgebots an.»

Schweigen. Dann sagte er zögernd: «Clifton hat mir natürlich von eurer Verlobung erzählt. Aber ich hatte gehofft – ich hatte gedacht, daß ihr nicht schon so bald ernst machen wollt. Was sagen denn deine Eltern dazu?»

«Die wissen es noch gar nicht. Aber sie haben bestimmt nichts dagegen.»

«Davon bin ich nicht so überzeugt, mein Kind», sagte er ernst. «Du bist doch wirklich noch sehr jung.»

«Ich bin immerhin siebzehn.» Ich kochte innerlich. «Wollen Sie das Aufgebot nun verkünden oder nicht?» fragte ich.

«Nicht ohne die Einwilligung deiner Eltern», sagte er.

«Gut. Ich werde sofort mit Vater sprechen.»

«Tu das. Aber vergiß nicht, daß ich auch das Einverständnis deiner Mutter brauche.»

«Sie ist in Amerika.»

«Ja, dann wirst du wohl warten müssen, bis sie wiederkommt. Denn in deinem Alter muß auch sie ihre Zustimmung geben. So wollen es die Vorschriften.»

«Also hören Sie, Herr Pfarrer, meine Mutter ist in Amerika, und wir haben nicht mal ihre Adresse. Ich kann ihre Einwilligung nicht einholen. Und Clifton Chisholm geht im Frühjahr nach Somerset.»

Er schwieg eine Weile. Dann sagte er: «Viola, ich will offen mit dir sprechen. Ich hoffe darauf, ich rechne sogar damit, daß deine Eltern ihre Einwilligung zu dieser Heirat nicht geben.»

«Und darf ich fragen, warum?»

«Das kann ich dir am Telefon nicht sagen.»

«Dann komme ich gleich zu Ihnen hinüber.»

«Es ist Heiligabend, mein Kind. Ich habe keine Zeit für dich.»

Ich war außer mir vor Zorn. Ich warf den Hörer auf.

Ich lief in Vaters Arbeitszimmer, aber er war nicht da. Schließlich fand ich ihn in der Küche. «Hast du diesen verdammten Vogel gesehen?» fragte er.

«Du meinst den Puter? Da ist er doch!» sagte ich.

«Mein Gott, das weiß ich auch. Ich frage mich nur, wie wir ihn in den Gasherd reinkriegen sollen. Vielleicht kannst du den alten Kohlenherd anmachen – da paßt ein ganzer Ochse hinein», meinte Vater.

Der alte schwarze, riesige und rostige Herd sah wenig vertrauenerweckend aus. «Wann haben wir ihn denn zuletzt benutzt?» fragte ich.

«Bei deiner Taufe, glaube ich. Damals hat deine Mutter Kuchen groß wie Wagenräder darin gebacken.»

«Vater», sagte ich einschmeichelnd. «Ich habe dir doch neulich gesagt, ich werde hierbleiben, solange die beiden Kleinen mich brauchen?»

«Ja, aber natürlich weiß ich das. Du bist ja auch mein gutes Mädchen. Zünde mal etwas Papier auf dem Rost an, damit wir sehen, ob der Schornstein frei ist.»

«Ja. Aber so leid es mir tut, ich kann mein Versprechen nicht halten, Vater. Clifton geht nach Somerset, und ich gehe mit.»

«Wann denn?»

«Im Frühjahr.»

«Na also, bis dahin haben wir ja noch reichlich Zeit, darüber zu reden. Jetzt hol mal etwas Kleinholz aus dem Keller.»

«Ich hab den Pfarrer gebeten, das Aufgebot zu verkünden», sagte ich hartnäckig. «Das will er aber nicht. Er sagt, Mutter muß auch ihre Einwilligung dazu geben.»

«Sehr vernünftig, du bist ja auch noch viel zu jung. Hier – hier ist eine alte Zeitung. Nun brauchen wir bloß noch ein paar Scheite Holz.»

«Ich möchte aber, daß du den Pfarrer jetzt gleich anrufst, Vater.»

«Also, nun laß doch erst mal Weihnachten vorbei sein. Einen Pfarrer kann man nicht ausgerechnet an Heiligabend anrufen.»

Ich holte Holz aus dem Keller, legte ein paar Späne auf zerknülltes Zeitungspapier und hielt ein brennendes Streichholz daran.

Aber der Schornstein zog nicht. Der Qualm drang in die Küche. Sogar aus dem Gasherd stieg er in kleinen, dünnen Schwa-

74

den auf. Wir mußten das Fenster und die Küchentür nach draußen öffnen. Vater lief hustend hinaus.

«Du mußt den Schornsteinfeger anrufen», rief er.

«Aber doch nicht an Heiligabend! Das ist doch wohl nicht dein Ernst, Vater.»

«Na gut, aber dann gleich morgen früh.»

Auf dem Hof stand ein Besen. «Wir wollen's mal damit versuchen», sagte Vater. «Vielleicht hat sich etwas im Schornstein festgesetzt.»

Wir brachten mit dem Besen einen Regen von Mörtel herunter und ein altes Vogelnest. Der Rauch zog weiter in dicken Schwaden durch die Küche.

«Der Puter wird eben vorher noch ein bißchen geräuchert», scherzte ich. «Ich gehe jetzt und verbinde dich mit dem Pfarrer.»

Ich schob Vater in die Diele, wählte die Nummer und drückte ihm den Hörer in die Hand. Dann lief ich die Treppe hinauf und rief: «Ich höre oben mit!»

Aber Vater rief mir nach: «Vi! Bleib ja von dem Apparat oben weg! Ich will ohne Zuhörer mit ihm sprechen!»

Als ich das Klicken des aufgelegten Hörers hörte, lief ich nach unten. «Also –?»

Vater sah leicht betreten aus. Er schüttelte den Kopf.

«Aber es *muß* doch einen Ausweg geben.» Allmählich war ich der Verzweiflung nahe. Und dann fiel mir auf einmal das Naheliegendste ein. «Also, ich bin wirklich zu töricht», sagte ich. «Clifton ist doch Sekretär des Kirchenvorstands. Er wird ganz bestimmt wissen, was zu tun ist.»

«Ja, das wird er wohl wissen», sagte Vater und warf mir einen seltsamen Blick zu. «Warum haben wir daran bloß noch nicht gedacht?» Als wir in die Küche kamen, fing er wieder an zu husten. «Aber erst einmal müssen wir uns wohl um den verdammten Vogel hier kümmern.»

«Gibt's denn heute überhaupt was zum Lunch?» fragte Vater verzweifelt.

«Schinken», sagte ich. Je eher wir aus dem Qualm herauskamen, um so besser.

Zehn Minuten später saßen wir alle im Eßzimmer und stopften ohne Begeisterung kaltes Fleisch in uns hinein. Draußen riß ein scharfer Wind an den Bäumen, und immer wieder drückten Regenböen gegen die Fenster. Das Feuer im Kamin des Eßzimmers qualmte ebenfalls, aber nicht so demonstrativ wie das in der Küche. Niemand sagte etwas, aber man merkte, daß alle das gleiche dachten: Mutter war sechstausend Meilen weit weg, das Haus kalt und unfestlich, der Puter konnte nicht gebraten werden, und alle Welt schien gegen meine Heirat mit Clifton zu sein.

Mir traten die Tränen in die Augen. Perse, der nie etwas entging, wollte gerade den Mund öffnen, um eine ihrer üblichen Bemerkungen darüber zu machen. Aber sie sprach sie nicht aus, denn Vater zog unsere Blicke auf sich. Er sah mit weit aufgerissenen Augen starr und entgeistert zur Terrassentür, als hätte er draußen die vier Apokalyptischen Reiter gesehen.

Aber die vier Apokalyptischen Reiter waren es nicht. Es war ein Taxi aus London.

17

Die Koffer, die genau zueinander paßten und die der Fahrer einen nach dem anderen heraushob, kannte ich.

Jetzt öffnete der Fahrer die hintere Wagentür. Eine behandschuhte Hand streckte sich heraus und stützte sich auf den Arm des Mannes. Ein elegant beschuhter Fuß suchte und fand eine trockene Stelle auf dem aufgeweichten Boden der Einfahrt. Es war Mutter.

Das Taxi wendete und fuhr ab. Mutter schlug ihren Pelzkragen hoch und kam auf die Glastür zu. Im Türrahmen blieb sie stehen, mit weit geöffneten Armen und strahlendem Lächeln. «Da bin ich wieder, ihr Lieben!» rief sie.

Trubshaw warf ihr einen kurzen Blick zu und aß weiter. Vater rief: «Clementine, was zum Teufel machst du in Derbyshire mit einem Londoner Taxi? Der Mann wird seine Lizenz verlieren!»

«Das glaube ich nicht, Liebling. Nicht am Heiligabend.»

«Sie dürfen das Stadtgebiet nicht verlassen. Da gibt es keine Ausnahme.»

«Ja, ich weiß. Aber ich habe dem Fahrer auf dem Flugplatz gleich vorgejammert, wie schwierig es am Heiligabend bei den überfüllten Zügen ist, hier herauszukommen, und da brachte er es nicht fertig, mich mit dem Zug fahren zu lassen.»

Ich hätte mich zu gern in Mutters Arme geworfen, mein Gesicht in ihrem Pelz versteckt, aber ich saß wie angewurzelt da, mir war leicht übel und komisch zumute.

Mutter setzte sich auf eine Sessellehne, schwang ein Bein graziös über das andere und lächelte uns der Reihe nach zärtlich und glücklich an.

Dann fiel ihr Blick auf Gloria. «Ja, Gloria, meine Süße!» rief sie entzückt. «Was machst *du* denn hier?»

«Sie führt uns den Haushalt», sagte Vater kurz.

Mich sah Mutter lange und nachdenklich an. «Vi, mein Liebling, du siehst ein bißchen blaß und gar nicht munter aus.» Dann ging sie zu Trubshaw und küßte ihn auf die Stirn. «Und wie geht's meinem Herzblatt?»

«Danke», sagte Trubshaw kurz angebunden und wischte sich über die Stirn.

«Und Persephone, mein Liebling.» Sie küßte Perse liebevoll. «Was hast du inzwischen alles angestellt?»

«Ach, gar nichts», sagte Perse. «Sag mal, Mutter – sind die Männer in Südamerika wirklich so rasant?»

«Überwältigend, mein Herz.»

Und dann geschah etwas völlig Unerwartetes und wirklich Schreckliches. Vater sagte: «Schön, Clementine. Das war ein großartiger Auftritt. Jetzt würden wir gern deinen Abgang erleben.»

Ich sah ihn entsetzt an. Er stand breitbeinig vor dem Kamin, mit gesträubtem Schnurrbart. Das denkende Auge war ganz im Dickicht verschwunden, aber das andere Auge hatte ich niemals zorniger gesehen.

Mutter, die mir eben mit der Hand über das Haar gestrichen hatte, erstarrte, sagte dann aber mit kühler, leicht ironischer Stimme: «Harry, Liebling, du willst mir doch wohl nicht mit der bürgerlichen Moral kommen wollen?»

«Und ob ich das will», sagte Vater.

Ich war wie vor den Kopf geschlagen, während Perse die Szene mit heller Begeisterung zu verfolgen schien. Selbst Trubshaw ließ seinen Schinken im Stich. Gloria war die kauende Mona Lisa selbst.

Mutter ging zu Vater hinüber und stellte sich lächelnd vor ihm auf. «Harry – ich habe immer geglaubt, du legst Wert darauf, ein Gentleman zu sein. Da wirst du mich doch nicht am Weihnachtsabend aus dem Hause jagen wollen?»

«Ach, laß diese Sentimentalität!» schrie Vater. «Du kommst hier einfach hereinspaziert vom anderen Ende der Welt und tust so, als wäre überhaupt nichts gewesen.»

«Aber Harry, das war doch vor sechs Monaten! Das wirst du mir doch jetzt nicht mehr vorhalten!»

«Ich halte dir nichts vor, ich stelle nur fest, daß du freiwillig weggegangen bist.»

«Und jetzt bin ich freiwillig wiedergekommen. Weil ich hier gebraucht werde», fügte sie liebevoll hinzu und musterte den Tisch. «Bitte, Vi, hol doch meine Koffer herein, es hat angefangen zu regnen.»

«Die Koffer bleiben draußen», schrie Vater, es klang aber nicht sehr überzeugend.

Als ich die ersten beiden Koffer hereinbrachte, sagte Vater gerade: «Es kann keine Rede davon sein, daß wir dich brauchen, Clementine. Wir werden sehr gut ohne dich fertig.»

«Mein lieber Harry, ich sehe es», sagte Mutter. Dann zog sie die kleine Nase kraus. «Du – brennt da irgendwas in der Küche?»

«Nein», sagte Vater barsch.

«Aber irgendwie riecht es hier ganz rauchig und scheußlich», sagte Mutter.

«Der Herd in der Küche qualmt etwas, Mutter», sagte ich bedrückt.

«Aber mein Liebling, du hast doch nicht etwa auf dem alten Kohlenherd zu kochen versucht?»

«Doch, weil der verdammte Puter nicht in den Gasherd hineingehen wollte!» brüllte Vater.

«Na, da werde ich mich wohl mal drum kümmern müssen»,

sagte Mutter und entschwebte in die Küche.

Kurz darauf hörten wir sie draußen in der Diele telefonieren. «Rita? Hier ist Clementine Kemble. Ja, danke schön, es war eine herrliche Reise. Wie geht es denn Ihrem Neffen? Könnten Sie mich wohl mit dem Schornsteinfeger verbinden, ich weiß seinen Namen nicht mehr – o danke, jetzt wo Sie ihn sagen, fällt er mir wieder ein. Mr. Watts, ja.» Dann eine kleine Pause. Und wir hörten: «Mr. Watts? Hier spricht Mrs. Kemble. Es tut mir wahnsinnig leid, Sie heute zu stören, Mr. Watts, aber – also, wir stehen wirklich vor einer Katastrophe, und Sie sind unsere einzige Hoffnung. Ich weiß, es ist nicht recht von mir, Sie am Heiligabend zu stören, ich kann es Ihnen gar nicht zumuten, aber – Sie wissen ja, wir sind so sehr angewiesen auf Ihre freundliche Hilfe. Ja, das ist schön, Mr. Watts. Ich hätte Sie gewiß nicht angerufen, aber wir haben sonst wirklich keinen Weihnachtsbraten. *Vielen* Dank, Mr. Watts.»

Sie legte den Hörer auf. Ihre Augen glänzten, als sie zu uns hereinkam. «Er kommt in einer halben Stunde – mit Besen.»

Jetzt legte Vater los. «Clementine, dir scheint nicht klar zu sein, daß heute Heiligabend ist? Es ist mir völlig unverständlich, woher du die Frechheit nimmst, den Mann heute zu belästigen.»

«Nun, er hätte es auch nicht für jeden getan», gab Mutter zu.

«Es geht hier um das Prinzip», schäumte Vater. «Diese Leute reisen nicht wie du durch die Welt, sondern haben das ganze Jahr hart gearbeitet und weiß Gott das Recht auf ihren Feiertag.»

«Haben wir eigentlich Sahne im Haus?» fragte Mutter.

«Nein.»

«Und wie steht's mit Weißwein?»

«Ich habe noch eine Flasche guten Liebfrauenmilch, und den möchte ich nicht als Sauce zu mir nehmen», sagte Vater.

«Sollst du auch nicht. Ich wollte nur Bescheid wissen. Es scheint auch sonst nicht viel im Haus zu sein. Ich fahre schnell ins Dorf und kaufe ein.» Sie ging in die Garderobe, schlüpfte aus den Schuhen, zog sich einen Regenmantel und Gummistiefel an und holte dann im Schuppen ihr Fahrrad. «Über Weihnachten kannst du bleiben», brüllte Vater hinter ihr her, «aber das ist auch alles.»

Als sie mit ihren Einkäufen zurückkam, hatte der Regen aufgehört, und unser Garten glitzerte im blaßgelben Sonnenuntergang. «Wollen wir nicht etwas Tannengrün hereinholen und ein paar Stechpalmenzweige mit roten Beeren?» fragte Mutter mich. Wir gingen hinaus in den Garten, standen nebeneinander, und unsere beiden Scheren schnippelten fröhlich durch die Zweige.

18

Jetzt war das Haus mit Kerzen, Flittergold und Grün geschmückt. Es duftete köstlich nach Puter. Mutter hatte ihre Weihnachtsgeschenke an alle verteilt.

Das festliche Essen hatte Vater spürbar milde gestimmt. Wir alle saßen vor dem Kaminfeuer im Wohnzimmer zusammen, nur Gloria war wieder einmal zu einem ihrer geheimnisvollen nächtlichen Spaziergänge aufgebrochen, die sie in letzter Zeit häufiger unternahm. Vater nahm die Zigarre aus dem Mund, füllte noch einmal sein Glas aus der Karaffe, die Mutter neben ihn gestellt hatte, und sagte dann nach einem wohligen Seufzer: «Du hast weiß Gott deine Fehler, Clementine. Aber kein Mensch kann behaupten, daß du nicht kochen kannst.»

«Was für ein nettes Kompliment von dir, aber ich glaube, daß ich hier nicht nur in der Küche fehlte», sagte Mutter.

Vater zog die Stirn in Falten und sagte: «Liebe Clementine, ich möchte feststellen, daß ich die letzten sechs Monate ganz gut auch ohne dich ausgekommen bin und die Zügel fest in der Hand hatte.»

Sie lächelte liebevoll. Dann beugte sie sich vor und sagte: «Aber Liebster, das brauchst du nicht zu betonen. Ich wußte, daß ich dir meine drei Spatzen unbesorgt überlassen konnte.»

Vater sah aus, als hätte er am liebsten geschnurrt.

Mutter lachte vor sich hin. «Meinem kleinen Trubshaw hätte ich das gar nicht zugetraut.»

Vater horchte auf. Er hatte sich sicher über Trubshaw nie die geringsten Gedanken gemacht, aber er wollte sich wohl keine

Blöße geben und sagte: «Ich auch nicht, die Lehrer sind sehr zufrieden mit ihm.»

Mutter sah ihn mit runden Augen an. «Zufrieden? Du spaßt wohl.»

«Wieso denn?» fragte er unsicher. «Ich hatte den Eindruck.»

«Jedenfalls habe ich ihm tüchtig den Kopf gewaschen», sagte Mutter.

Schweigen. Vater tat mir leid. Er trank einen Schluck Portwein, stäubte die Asche von der Zigarre und suchte dann den Stier bei den Hörnern zu packen. «Wovon redest du eigentlich, Clementine?»

«Na davon, daß er einen schwungvollen Handel mit seinem Frühstücksbrot aufgezogen hat.»

«Ach so», sagte Vater kleinlaut. «Ja, warum hat mir das denn bloß keiner gesagt.» Er blickte Mutter erstaunt an. «Woher weißt *du* denn das?»

«Ganz einfach, ich habe über zehn Shilling in seiner Kommodenschublade gefunden. Und da hat er es mir dann gestanden.»

«Jetzt wundert es mich auch nicht mehr», sagte Vater, «warum er sich hier zu Hause immer so vollgestopft hat.»

«Und du wunderst dich sicher auch nicht über Perse?»

«Ja wie, hat die denn auch ihre Frühstücksbrote verkauft.»

«Nein, aber dafür hat sie anonyme Briefe geschrieben», sagte Mutter.

«Was für anonyme Briefe?» fragte Vater ächzend.

Mutter holte tief Luft. «Du weißt also tatsächlich nichts davon, daß deine jüngste Tochter das ganze Dorf mit Briefen bombardiert hat, in denen den Empfängern sämtliche im 4. Buch Moses verzeichneten Verirrungen nachgesagt werden?»

Ich sah Perse entgeistert an. Sie grinste verlegen.

«Ich habe es herausgefunden, weil ich den Leimtopf und die zerschnittenen Zeitungsseiten bei ihr im Zimmer entdeckt habe. Dann hat sie es mir erzählt.»

«Na ja, wenn du auch Monate in der Welt herumstreunst», sagte Vater, «muß hier ja alles drunter und drüber gehen. Die Schuld dafür kannst du dir zuschreiben.»

«Also, Harry», sagte Mutter gekränkt, «du warst schließlich hier. Ich war zwölftausend Meilen weit weg.»

Vater stöhnte. «Wenn ich mir vorstelle – das mit Perse kommt heraus, dann wünschte ich mich auch zwölftausend Meilen weit weg.»

«Das wäre vielleicht gar nicht das schlechteste», sagte Mutter. «Ich frage mich sowieso manchmal, ob wir hier in dieser trostlosen Gegend nicht allmählich versauern. Hier müssen die Kinder ja auf dumme Gedanken kommen. Ein Tapetenwechsel würde uns, glaube ich, nur guttun.»

Mir war bei diesen Worten gar nicht wohl. Es war Mutters bewährte Methode, zunächst einen Warnschuß abzugeben, ehe sie zum Angriff überging.

Um abzulenken, sagte ich: «Wir dürfen nicht vergessen, Mutter die Briefe zu geben, die inzwischen für sie gekommen sind.» Damit ging ich hinaus, holte sie und gab sie ihr.

«Danke schön, mein Herz», sagte sie und öffnete einen nach dem anderen.

«Eine Rechnung – vom September», sagte sie. «Wirklich erstaunlich, daß sie nicht das Klavier gepfändet haben. Und hier eine Einladung zum Tee bei Mrs. Rodgers vom Oktober. Nun, sie haben ihn auch ohne mich getrunken.»

Dann schlitzte sie einen der Briefe aus Guernsey auf und las. «Oh», sagte sie leise. «Oh, das macht mich aber sehr traurig.» Und ihre schönen Augen glänzten feucht. «Onkel Rupert ist gestorben.»

«Oh, Clem – das tut mir aber wirklich leid für dich», sagte Vater.

Onkel Rupert wohnte auf der kleinen Kanalinsel Sark. Mutter hatte mir oft von ihm erzählt. Sie hatte als Kind immer die Sommerferien bei ihm verbracht und die Insel sehr geliebt.

Wir saßen wartend da. Mutter schwieg und starrte ins Feuer. Der Brief lag in ihrem Schoß. Vater holte sich eine Zigarre und setzte sich zu ihr.

Schließlich steckte Mutter seufzend den Brief in den Umschlag. «Der arme Onkel Rupert», seufzte sie noch einmal und öffnete den nächsten Brief aus Guernsey. Beim Lesen fing sie unvermittelt an, heftig zu weinen.

Schließlich faßte sie sich wieder und sagte: «Hört doch bloß mal, ihr Lieben. Ist das nicht rührend? Onkel Rupert hat mir sein

Haus auf Sark hinterlassen.»

Sie betupfte sich mit dem Taschentuch die tränennassen Augen. Vater schien voller Anteilnahme. «Das wird einen ganz hübschen Preis erbringen», sagte er schließlich, um die Stimmung aufzumuntern. Mutter schien das gar nicht zu hören. «Das Leben ist doch wirklich voll wunderbarer Zufälle», sagte sie mit tränenerstickter Stimme. «Wo wir doch soeben noch davon gesprochen haben, hier einmal wegzuziehen. Es ist wie ein Zeichen der Vorsehung.»

Mutter erhielt häufig solche Zeichen der Vorsehung, die mit ihren eigenen Absichten und Wünschen merkwürdig übereinstimten.

Jetzt wurde Vater hellhörig. «Clementine! Du willst doch damit nicht etwa sagen, daß wir hier unsere Zelte abbrechen und alle nach Sark ziehen sollen?»

Mutter sah sich im Zimmer um. «Natürlich nicht, Lieber. Alle natürlich nicht. Gloria wird nicht auf einer einsamen Insel verkümmern wollen. Die zieht es sicher wieder nach London. Nein – bloß du und ich und die Kinder.»

«Liebe Clementine, ich glaube, du bist übergeschnappt. Du verläßt uns mir nichts, dir nichts, kommst nach sechs Monaten hier hereingeplatzt, bist noch keine zwölf Stunden im Haus und beschließt einfach, uns alle auf eine blöde Insel an der französischen Küste zu verfrachten.»

«Also, reg dich nicht auf, Harry, noch ist es ja nicht soweit. Wir können es uns ja noch überlegen, nicht wahr?»

«Überlegt wird gar nichts», sagte Vater. «Wir bleiben, wo wir sind. Und damit basta.»

«Komm, Vi, wenn wir noch zur Christmette wollen, wird es jetzt höchste Zeit», sagte Mutter.

«Ein gesegnetes Christfest», sagte der Pfarrer nach dem Gottesdienst. «Meine liebe Clementine, was für eine erfreuliche Überraschung, Sie gerade jetzt wieder bei uns zu haben. Viola, nicht wahr, das ist schön? Nun kannst du dich auch mit deiner Mutter über dein Pläne beraten.»

Unter dem funkelnden Sternenhimmel der Weihnachtsnacht gingen wir Arm in Arm heimwärts. «Was sind denn das für Pläne, von denen der Pfarrer sprach, Viola?» fragte Mutter.

«Ja, also, es handelt sich um Clifton Chisholm», stotterte ich los.

«Ja, willst du denn etwa bei ihm in der Bank arbeiten?» fragte Mutter erstaunt.

«Nein, er hat mir einen Antrag gemacht.»

«Er hat dir einen Antrag gemacht?» fragte Mutter verblüfft.

«Ja, wir haben uns verlobt», sagte ich.

Mutter sagte kein Wort. Zu Hause in der Diele nahm sie den Hut ab und sah mir gerade in die Augen. «Viola», sagte sie, «diesen Schwachkopf heiratest du nicht.»

Ich war wütend und sagte kalt: «Vielleicht interessiert es dich, daß Vater seine Einwilligung bereits gegeben hat.»

«Dein Vater würde dich auch Jack the Ripper heiraten lassen, wenn er sich damit seine Ruhe kaufen kann», sagte sie lachend.

19

Fünf Minuten bevor mein Wecker morgens richtig loslärmt, warnt er mich erst immer mit einem hellen Ping. So war es auch am ersten Feiertag. Und ehe ich noch richtig wach war, öffnete sich auch schon die Tür, und Mutter kam herein mit einem Tablett, das sie vor mich hinstellte. Verlockend dampfte es aus der Teekanne, und der Toast duftete frisch. «Laß dir nur Zeit, mein Herz. Ich habe unten schon alles vorbereitet.»

«Wie schön, daß du wieder da bist, Mutter», sagte ich. Ich ließ mich wieder in die Kissen sinken und lächelte Mutter zu.

Die beiden Weihnachtstage waren ein einziges Schwelgen. Mutter verstand es schon, es uns schön und gemütlich zu machen.

Der dritte Feiertag war ein Sonntag, und wir gingen alle zusammen zum Morgengottesdienst. Nur Trubshaw protestierte erbittert, weil er mit seiner Eisenbahn spielen wollte.

Dicht neben unserer Kirchenbank befand sich ein Stein mit der Inschrift: ‹Anne Turner, Ehefrau des Pfarrers Joseph Turner, geboren 1697, gestorben 1727›, und darunter, in der schwungvollen Schrift alter Zeit, die Worte: ‹Meine theure Gefährtin›.

Anne Turner. Hier hatte auch sie einst als jung verlobtes Mädchen gesessen und klopfendenHerzens nach der Predigt auf den Aufruf ihres Namens gewartet.

«Hier endet der Text für den heutigen Sonntag», schloß der Pfarrer jetzt. Langsam und bedächtig glättete er das Lesezeichen und schloß die Bibel. Er ordnete die Falten seines Talars, öffnete ein Buch, räusperte sich und begann: «Ich verlese jetzt die Aufgebote.»

Ich sah mich in der Kirche um und beneidete die Paare, deren Namen aufgerufen wurden. Traurig und enttäuscht verließ ich mit den Meinen die Kirche.

Mutter blieb zurück und sprach ein paar Worte mit dem Pfarrer. Dann unterhielt sie sich mit der alten Klatschtante Miss Dove. Vater wurde ungeduldig, denn er war hungrig. «Deine Mutter will scheint's alles nachholen, was sie in den letzten sechs Monaten versäumt hat.»

Als Mutter uns einholte, sagte sie fröhlich: «Hier scheine ich ja wirklich allerhand versäumt zu haben!»

«Hat Trubshaw vielleicht auch noch die Kollekte geplündert oder Persephone auch dem Pfarrer einen anonymen Brief geschickt?» fragte Vater mißtrauisch.

«Nein, diesmal betrifft es Gloria.»

«Gloria? Die geht doch kaum in die Kirche», meinte Vater.

«Aber hast du denn gar nichts von ihrer wilden Affäre mit Chisholm gehört?»

Jetzt blieb Vater empört stehen. «Also Clementine, jetzt halt aber mal die Luft an! Daß du auf diesen Klatsch auch noch was gibst, ist ja die Höhe!»

«Liebling, wenn das alles nur boshafter Klatsch wäre, dann hätte die Bank diesen Chisholm wohl kaum in eine andere Filiale versetzt.»

Ich war den Tränen nahe.

Wir waren inzwischen an unserer Einfahrt angelangt. Mutter blieb stehen. «Im Dorf ist man jedenfalls der Meinung, daß ihr eine Menage à trois geführt habt, Harry, und daß dieser Chisholm es mit der Angst bekam und sich mit unserer Viola verloben wollte, damit Gras über die Sache wächst.»

«Also Clementine, nicht Persephone hat eine überhitzte Phantasie, sondern diese Dorftrottel hier, und du läßt dich von ihnen anstecken!»

Ich fing an zu heulen. «Aber er liebt mich doch!» schrie ich und rannte fassungslos den Weg hinunter ins Dorf zurück. Ich rannte immer weiter und schlug dann die Richtung nach Shepherd's Warning ein. Der Weg war voller Pfützen. Immer weiter lief ich. Schließlich sah ich in der Ferne eine Gestalt, die ein Fahrrad hügelaufwärts schob.

Endlich war ich bei ihm. «Aber Viola, was ist denn mit dir, du bist ja völlig außer Atem», sagte Clifton. «Was hast du denn bloß?»

«Mutter will ihre Einwilligung zu unserer Heirat nicht geben», sagte ich und fing wieder an zu weinen.

Er sah mich hilflos an. «Nun, ich – wenn deine Mutter meint, daß . . . daß du noch zu jung bist . . . dann . . .»

«Sie sagt nicht, daß ich zu jung bin, sondern sie behauptet, daß du Gloria liebst und nicht mich», sagte ich kühl.

Er sah mich nicht an, sondern blickte ins Dorf hinunter.

«Antworte doch», sagte ich. «Oder hast du mir den Ring wirklich nur deshalb gegeben, damit die Leute die Sache mit Gloria vergessen sollten?»

Lange Zeit schwieg er. Dann sagte er langsam: «Nein, auch weil ich dich gern habe.»

«*Auch?*» schrie ich empört, streifte den Ring ab und warf ihn in die braunschlammige Pfütze vor uns.

Ich raste davon. Meine Tränen sollte er nicht sehen. Wie hatte ich mich nur so in ihm täuschen können.

20

Ich mochte über meinen Kummer mit niemandem reden. Aber alle waren in diesen Tagen besonders lieb zu mir gewesen.

Nun war Neujahrsmorgen, und wir saßen beim Frühstück.

«So, meine Süßen», rief Mutter fröhlich, «heute ist Neujahrstag – da schlagen wir eine neue Seite auf, legen alte Gewohnheiten ab und nehmen neue an.» Strahlend sah sie sich in der Runde um.

«Gott bewahre uns», sagte Vater und sah beunruhigt zu ihr hinüber.»

Mutter schenkte Gloria eine Tasse Tee ein.

«Ja, Gloria», sagte sie, «du vermißt sicher London sehr und wirst deine Angehörigen wiedersehen wollen. Es war besonders nett von dir, daß du hier die Stellung gehalten hast.»

«Ach, weißt du, im Grunde zieht es mich gar nicht so sehr nach London», sagte Gloria freundlich.

«Nein? Ich habe dich immer beneidet. Wenn ich an die Läden, die Lichter, die Modenschauen, das Theater und die Konzerte dort denke ... Und das alles wirst du nun wiederhaben!»

«Sie wird das alles keineswegs jetzt wiederhaben, wenn sie nicht will», kläffte Vater.

«Aber lieber Harry, ich hatte immer angenommen, daß Gloria hergekommen ist, um in meiner *Abwesenheit* den Haushalt zu führen. Nun bin ich ja aber wieder da!»

Vater faltete die Zeitung zusammen und schlug sie heftig auf den Tisch, als wolle er eine lästige Fliege verjagen. «So, nun hör mal gut zu, Clementine. Jawohl, du bist wieder da, aber wir haben hier schließlich monatelang friedlich ohne dich gelebt, und du fängst schon nach einer Woche an, alles auf den Kopf zu stellen. Gloria bleibt bei uns, wenn sie bleiben möchte. Habe ich mich deutlich ausgedrückt?»

Später half ich Vater in seinem Arbeitszimmer beim Korrekturlesen, als Mutter hereinkam. Mit unschuldigem Lächeln fragte sie: «Oh – ich störe euch doch nicht?»

«Doch», sagte Vater.

«Ich werde dich nicht lange aufhalten.» Sie setzte sich, strich sich den Rock zurecht und betrachtete befriedigt ihr linkes Bein. «Da ist mir noch eine Kleinigkeit eingefallen, Harry. Seit wann hat Gloria eigentlich hier den Haushalt geführt?»

«Wie soll ich denn das jetzt noch wissen?» fragte Vater.

«Nun, ich glaube, das solltest du mal ausrechnen, wie lange

87

sie hier war, denn sicher kriegst du dann noch was zurück.»

«Zurück – was denn?»

«Einkommensteuer, meine ich.»

Vater wurde blaß. Bei der bloßen Erwähnung von Finanzamt und Steuerdingen bekam er eine Gänsehaut.

«Ich kann mir jetzt wirklich nicht den Kopf über solche Sachen zerbrechen. Du siehst, ich habe zu tun», sagte er.

«Aber Harry, es würde sich doch lohnen! Nehmen wir mal an, du zahlst ihr pro Woche elf Pfund zehn und sie war dreiundzwanzig und eine halbe Woche hier. Das macht – elfeinhalb mal dreiundzwanzigeinhalb mal achteinhalb Shilling. Aber das ist noch ohne Mehrwertsteuer, die kommt noch obendrauf. Wo hast du denn ihre Karte?»

«Ihre – was?»

«Ihre Karte. Ihre Versicherungskarte.»

«Hat sie denn eine?»

«Harry! Du hast sie doch um Gottes willen nicht etwa angestellt, ohne sie bei der Versicherung anzumelden?»

Vater blickte verstört an die Decke.

«Aber eine Unfallversicherung hast du doch hoffentlich für sie abgeschlossen?»

«Wie soll ich denn auf einen solchen Gedanken verfallen?» sagte Vater bissig.

«O du heilige Unschuld. Wenn sie nun von der Leiter gefallen wäre!»

«Also, Clementine, Gloria ist in ihrem ganzen Leben noch nie auf eine Leiter gestiegen, das weißt du so gut wie ich.»

Mutter seufzte. «Also, Harry, da bleibt gar nichts anderes übrig. Du mußt das auf der Stelle in Ordnung bringen. Du mußt vom Finanzamt das Formular P 9 und die blaue Versicherungskarte anfordern, außerdem ein Formular P 30, und dann mußt du dir eine Steuertabelle für wöchentliche Lohnzahlung besorgen. Dann brauchst du nur für jede Woche die Formulare auszufüllen, den monatlichen Betrag auf die Versicherungskarte zu übertragen, zählst noch die Arbeitgeberbeiträge dazu, und dann hast du alles beisammen. Es ist wirkich ganz einfach.»

«Clementine – muß das wirklich alles sein?»

«Wenn du dich nicht großen Unannehmlichkeiten und Scherereien aussetzen willst, schon. Aber jetzt will ich nicht länger stören.» Und damit entschwand sie.

«Nun – mich hat sie unterschätzt», sagte Vater aufgebracht und spannte einen Bogen in die Schreibmaschine. «Also, was waren das noch für Formulare, die ich anfordern soll?»

21

Es war ein kalter Januartag. Der Himmel spannte sich wie ein graues Trommelfell über die Erde. Die Bäume waren ein Gewirr von schwarzen Strichen, still wie Holzschnitte. Die Vögel saßen frierend auf den Zweigen. Ich ging wieder einmal nach Harker's Clump hinauf, um meinen Kummer um Clifton auszulüften.

Nichts rührte sich. Dann fielen vereinzelt Schneeflocken auf den unwirtlichen Grasboden.

Ein dünner, scharfer Wind erhob sich, und bald wirbelte es weiß um mich wie ein zorniger Bienenschwarm. Schon waren die nahen Bäume nicht mehr zu erkennen. Schrill heulte der Wind. Die Landschaft, eben noch tot und reglos, war ein einziger Aufruhr.

Ich hatte es immer gern gehabt, wenn es schneite. Aber so kannte ich den Schnee nicht: feindselig, beißend, blendend. Bald war mein dicker Tweedmantel durchnäßt. Ich hatte den Weg verloren. Es gab keine Markierungen mehr. Mühsam stapfte ich richtungslos dahin.

Etwas Riesiges, Wogendes kam über den Hügel auf mich zugekrochen. Mit grau dampfenden Fangarmen griff es nach mir. Ich erstarrte vor Schrecken. Ich wußte zwar, es war nur eine Wolke, aber es war, als wollte sie mich wegfegen, mich hochheben, ins Tal hinuntertragen und mich dort zu Boden schmettern. Ich wandte mich um und jagte davon, ohne irgend etwas zu sehen.

Plötzlich wäre ich fast gegen ein Auto gelaufen. Johnnie Wrighton stand vor mir. «Steig ein», sagte er.

«O Johnnie, Gott sei Dank, daß ich dich getroffen habe. Ich hatte wirklich schreckliche Angst.»

«Mein Gott, du bist ja ganz durchnäßt», sagte er. «Ich bringe dich gleich nach Hause.» Er fuhr an, und ich schmiegte mich tief in das Polster. «Freunde in der Not», lachte ich fröhlich, «gehen tausend auf ein Lot.»

«Nur in der Not, Vi?»

«Ach, Johnnie, du legst immer alles gleich auf die Goldwaage. Aber ein Goldjunge bist du ja auch, denn wie hätte ich ohne dich den richtigen Weg finden sollen?»

Wir waren bei unserem Haus angelangt, und ich stieg aus. Er hupte noch einmal, und ich winkte ihm dankbar nach.

Als ich ins Haus trat, rief Mutter mir entgegen: «Mein Gott, du dampfst ja wie eine ganze Wäscherei. Geh bloß von dem chinesischen Teppich runter, du triefst ja förmlich, Kind.»

Offensichtlich war sie nicht gerade bester Laune, es schien wieder einmal Streit gegeben zu haben. Als ich zu Vater ins Arbeitszimmer hineinschaute, rief er empört: «Stell dir vor, jetzt hat sie uns zum Wochenende diesen blödsinnigen Zeitschriftenknaben auf den Hals geladen.»

«Diesen Lancelot?» fragte ich erschrocken.

Mutter kam hinzu und sagte: «Ich weiß gar nicht, was du willst. Du läßt dich ja von ihm auch immer zum Essen einladen.»

«Darauf würde ich gern verzichten, wenn er mir endlich meine Honorare zahlen würde. Wenn es weiter so schneit, haben wir den Kerl womöglich wochenlang auf dem Hals.»

22

Als der vogeläugige Lancelot am Freitagnachmittag eintraf, mußte ihm Shepherd's Delight wie Amundsens Lager am Nordpol vorkommen.

Vater öffnete ihm die Haustür und schauerte unter der Schneeböe zusammen, die ihm entgegenwehte. «Hallo, gute Fahrt gehabt?» sagte er tapfer.

«Die reinste Katastrophe», sagte Lancelot. Seine kleinen gelben Vogelaugen huschten über unsere kalte Diele. Er schien in diesem Augenblick wohl selbst nicht mehr zu begreifen, wie er hierhergekommen war, warum man ihn eingeladen und wieso er die Einladung eigentlich angenommen hatte. «Zweimal hat man mich freischaufeln müssen, und bis jemand kam, hab ich in der Kälte auch noch ewig warten müssen», sagte er.

Vater schüttelte den Kopf und sagte dann vorwurfsvoll: «Hatten Sie denn selber keinen Spaten dabei?»

Lancelot sah ihn gekränkt an. «Zwischen Fleet Street und Kensington braucht man für gewöhnlich keinen Spaten», sagte er kurz.

Ich führte ihn nach oben in das geräumige, mit Linoleum ausgelegte Holzwurmzimmer. «Wenn es Ihnen nicht warm genug ist», sagte ich, «können Sie gern den elektrischen Ofen anmachen.»

Er sah sich um. «Sie meinen das kleine Ding da?»

«Ja», sagte ich fröhlich. «Es wärmt ganz schön, wenn man sich nahe daran setzt.»

Vor den vereisten Fenstern des Zimmers heulte der Schneewind. Im Hinausgehen sagte ich munter: «Wenn es so weiterschneit, sitzen sie hier bestimmt vier Wochen fest.»

Ich hatte nicht den Eindruck gewonnen, daß Lancelot ausgesprochen fromm war. Aber an diesem Abend, darauf wettete ich, würde er den Himmel um gutes Wetter anflehen.

Nach einer Weile kam er herunter. «Kommen Sie – ich will Sie mit unserem anderen Gast bekannt machen.» Ich führte ihn ins Wohnzimmer und sagte: «Gloria, dies ist Lancelot Miller, für dessen Zeitschrift Vater gelegentlich Artikel schreibt. Das ist Gloria Perkins, eine alte Freundin des Hauses.»

Die Iris unter den sandfarbenen Augenlidern begann zu glitzern. «Sehr erfreut», sagte er. «Mein Gott, was für ein schreckliches Wetter. Wie hat es Sie denn hierher verschlagen, Miss Perkins?»

Ich überließ die beiden ihrem Schicksal.

Ich war an diesem Wochenende nicht viel zu Hause. Lancelots Gebet war anscheinend erhört worden, jedenfalls schlug das Wetter um. Die Landschaft war in trockenem Frost erstarrt unter einem seidenblauen Himmel.

Oben auf Harker's Clump pflügten Johnnie und ich uns durch die Schneewehen, wir bewarfen uns mit Schneebällen, und Johnnie brachte einen alten Schlitten aus seiner Kinderzeit mit, und wir rodelten fröhlich den Hügel hinunter, die Kufen zischten leise in der weichen Stille.

Am Montagabend fragte Vater dann auf einmal: «Wo ist eigentlich Gloria? Ich habe sie seit Tagen nicht gesehen.»

Mutter sah ihn erstaunt an. «Aber Lieber, hat dir denn niemand Bescheid gesagt? Sie ist fort.»

«Was heißt das: fort? Wo ist sie hin?»

«Nach London, mit Lancelot. Er hat sie mitgenommen. Er ist auf den Gedanken verfallen, sie in seinem Büro anzustellen.»

«Gloria???»

«Ja. Na, er muß es ja wissen. Jedenfalls, er hat sie mitgenommen.»

«In dem Büro möchte ich gern mal Mäuschen spielen.»

Danach sagte Vater eine Weile nichts mehr, warf aber Mutter, die las, mehrmals argwöhnische Blicke zu.

«Was liest du denn da?» fragte er schließlich.

«Einen Reiseführer von Sark.»

«Lies, was du willst, Clementine. Aber das eine sage ich dir: nach Sark gehen wir *nicht*.»

Mutter lächelte freundlich und las weiter.

23

In diesen Wintertagen, wo Derbyshire in tiefem Schnee lag, wurde mir wieder einmal bewußt, wie sehr ich diese Landschaft liebte. Und jetzt, nachdem ich meinen Schmerz überwunden hatte, fühlte ich mich wieder frei und unbeschwert.

Nur etwas nagte noch an meinem Gewissen. Ich hatte Miss Buttle, die ich früher so gern gemocht hatte, zu Unrecht beschuldigt, den anonymen Brief geschrieben zu haben, und dabei war sie ohnedies schon mit den Nerven so herunter. Ich mußte mich bei ihr entschuldigen.

Ich ging zu ihr und stieg langsam die Treppe hinauf und trat zögernd ein. Nirgends war sie zu sehen, auch hinter dem Vorhang der Kochnische nicht; hier stapelte sich gebrauchtes Geschirr. «Miss Buttle!» rief ich.

Keine Antwort.

Die Tür zum Schlafzimmer war geschlossen. Ich klopfte, rief noch einmal: «Miss Buttle», dann drückte ich auf die Klinke, öffnete die Tür einen Spalt und spähte hinein.

Da lag sie angekleidet auf ihrem Bett und sah mich mit weitaufgerissenen Augen an. Sie keuchte und würgte und krümmte sich vor Schmerzen.

«Warten Sie, ich hole schnell einen Arzt», rief ich und stürzte hinunter zum Krämer. «Schnell, einen Arzt! Miss Buttle ist krank.» Und dann lief ich wieder nach oben zu ihr.

Sie sah schrecklich aus. Ich setzte Wasser auf für eine Wärmflasche, zog sie aus, streifte ihr ein sauberes Nachthemd über und packte sie ins Bett.

«Mein Herz, mein Herz», stöhnte sie. «Die Briefe», brachte sie mühsam heraus. «Alle im Dorf dachten, ich wäre es gewesen.» Eine Träne sickerte ihr die Wange herunter. «Das war wirklich zuviel für mich.»

Ich machte ihr erst einmal Tee. Dann kam Dr. Rodgers.

«Ich mache das hier schon», sagte er. «Sie gehen jetzt besser, Miss Kemble.»

Ich rannte den ganzen Weg nach Hause und gleich nach oben und in Perses Zimmer. «Du gemeines Biest!» schrie ich und ging mit beiden Fäusten auf sie los.

«Was ist denn in dich gefahren, was ist denn los», schrie Perse.

«Was los ist, werde ich dir gleich sagen!» schrie ich. «Wegen deiner dreckigen Briefe hat Miss Buttle jetzt einen Herzanfall. Wer weiß, ob sie nicht stirbt.»

Als Vater später von dieser Geschichte hörte, zog er die Pfeife aus der Tasche, sah sie verlangend an und steckte sie wieder weg. «Das kann noch allerhand Unannehmlichkeiten für uns geben», sagte er düster. «Wir werden wohl Farbe bekennen müssen. Aber im Grunde war es ja nur eine Kinderei. Hoffen wir, daß Miss Buttle durchkommt.»

«Das gebe der Himmel», sagte Mutter sehr ernst.

Mutter war ins Dorf gegangen und kam erst am Nachmittag mit Paketen beladen zurück.

«Na, irgendwelche Neuigkeiten?» fragte Vater.

«Ja. Miss Buttle scheint es schon etwas besser zu gehen. Ich habe mit Miss Dove und dem alten Mr. Glossop gesprochen, und die beiden werden schon dafür sorgen, daß morgen früh kein Mensch im Dorf mehr Miss Buttle wegen dieses Unfugs verdächtigt.»

«Na, dann werden sie nun alle über Perse herfallen!»

Mutter schwieg. Dann sagte sie, wohl um abzulenken: «Ach, Lieber, bitte erinnere mich doch daran, daß ich an den Hausmakler in Guernsey schreibe. Das Haus sollte dann ja wohl im Frühjahr zum Verkauf angeboten werden.»

Vater warf ihr einen eigenartigen Blick zu. «Darauf kannst du dich verlassen, daß ich dich daran erinnern werde», sagte er. Aber seiner Stimme fehlte die Überzeugung.

24

Ich wollte gerade in mein Zimmer gehen, als Perse die Treppe herunterkam. Sie hatte ihren längsten Schal hervorgeholt und ihn sich mehrfach um den Hals gewickelt. «Du willst wohl den Elementen trotzen?» fragte ich.

Über dem Schal waren nur ihre Augen sichtbar, und sie blitzten mich an. «Na, und ob.»

Ich besah mir ihre nylonbestrumpften dünnen Beine. «Obenrum bist du jedenfalls warm genug angezogen», sagte ich.

«Mildred Watt trägt noch kürzere Röcke. Die hat sicher Frostbeulen am Po», sagte Perse fröhlich.

«Perse», sagte ich, «findest du es eigentlich richtig, nach allem, was du angerichtet hast, jetzt ins Dorf zu gehen. Ich staune über deinen Mut.»

«Ja. Sehr richtig sogar.»

Sie zog noch einmal entschlossen an ihrem Schal und sagte dann: «Ich bin ausgesprochen neugierig darauf, wie die lieben Nachbarn sich jetzt mir gegenüber verhalten. Schließlich ist ja Mutter auch noch lebend heimgekommen.»

Sie ließ sich nicht aufhalten. Nach einer Stunde war sie wieder da, kam in mein Zimmer und ließ sich lässig auf mein Bett fallen.

«Also, da hab ich nun gedacht, sonst was wird passieren, aber alles, was diese Heuchler vorzubringen haben, war: Hallo, Persephone, wie schön, daß du dich mal wieder blicken läßt, oder: Tag, mein Kind, keine Schularbeiten heute? Einfach zum Kotzen!»

Sie zupfte aus meiner Daunendecke Federn heraus und blies sie eine nach der anderen ins Zimmer. «Ziemlich enttäuschend, was, Schwesterchen?»

Und ich muß sagen, auch ich war erstaunt.

Nach dem Abendbrot – Trubshaw und Persephone waren schon zu Bett gegangen – saßen wir noch zu dritt am Kamin und tranken Tee. Vater zog nachdenklich an seiner Zigarre und sagte dann: «Wenn man manchmal auch denken könnte, Perse hat eine Elefantenhaut, so tut sie mir doch etwas leid.»

«Ja», sagte Mutter ernst. «Solche Geschichten können schlimme Nachwirkungen auf ein ganzes Leben haben. Selbst wenn scheinbar längst Gras über die Sache gewachsen ist, etwas bleibt immer hängen. Und dann heißt es: ‹Persephone Kemble – ach ja, mit der ist doch irgendwas gewesen. Was war das nur. Irgendwas Komisches, Unangenehmes.›»

Vater schwieg eine Weile. «Ja», sagte er dann langsam, «da hast du wohl recht. Ja, da ist was dran, Clem.»

«Deshalb hielt ich es als Mutter auch für meine Pflicht, ihr diese Last von den Schultern zu nehmen.»

«Ja. Ja, natürlich. Wenn dir das gelungen wäre, das wäre ja wunderbar.» Vater blickte sie erleichtert an. «Aber wie hast du das bloß zuwege gebracht, frage ich mich verzweifelt?»

«Ach, weißt du, Harry», sagte Mutter und lächelte ihn liebevoll an, «mein Rücken ist stärker als der ihre. Deshalb dachte ich, ich werde einfach so tun, als hätte *ich* diese Briefe geschrieben.»

«Mein Gott», sagte Vater. «Das war aber wirklich mehr als aufopfernd von dir, Clem. Hat dir denn das überhaupt jemand geglaubt?»

Mutter stand auf. Traurig sagte sie: «Vielleicht hätten sie es geglaubt, aber leider hatte die Sache einen Haken.»

«Einen Haken?» Vater sah sie voller Neugier an.

Mutter legte ein Scheit ins Kaminfeuer und sagte leidvoll: «Weil ich zwölftausend Meilen weg war, als das hier alles geschehen ist.»

Vater sah enttäuscht aus. «Du hast es also doch an Perse hängen lassen», sagte er vorwurfsvoll.

«Nein, Lieber, natürlich nicht.»

«Nein?! Was hast du denn —»

«Ich habe gesagt, *du* hättest sie geschrieben, lieber Harry.»

Vater war gerade im Begriff, seine Tasse an die Lippen zu setzen. Er stellte sie ab und starrte Mutter ungläubig an. «Allmächtiger», murmelte er. «Also, was soll man dazu bloß sagen ...»

«Ich wußte ja, du würdest nichts dagegen haben.»

«Nichts dagegen? Nichts dagegen, daß das ganze Dorf jetzt glaubt, ich sei ein perverser Verrückter, der —» Dann kam ihm ein Gedanke, und erleichtert sagte er: «Aber das hat dir natürlich niemand geglaubt. Es ist einfach zu absurd!»

«Doch, ich denke schon, daß sie es mir geglaubt haben. Und ich habe mir auch viel mildernde Umstände einfallen lassen. Vor allem habe ich ihnen erzählt, du seist völlig überarbeitet und mit den Nerven herunter. Du hättest wohl so etwas wie einen Nervenzusammenbruch gehabt.»

Vater schlug die Hände vors Gesicht. «Einen Nervenzusammenbruch kriege ich jetzt gleich. Wie soll ich mich hier noch unter die Leute getrauen. Willst du mir das mal verraten?»

«Harry», sagte Mutter, «alle haben es freundlich und verständnisvoll aufgenommen, und das Ganze wird bald vergessen sein, verlaß dich darauf. Und du tust es doch für Persephone, vergiß das nicht. Eben hast du noch gesagt, wie leid sie dir tut.»

«Also, Clementine», sagte er schließlich, «du bist wahrhaftig das unmöglichste und verrückteste Frauenzimmer, das mir je begegnet ist. Ich hätte auf der Stelle die Flucht ergreifen sollen, als ich dich zum erstenmal sah. Und was tat ich Trottel statt dessen? Ich heiratete dich!»

«Was, wie sich herausgestellt hat, ein sehr guter Gedanke von dir war», sagte Mutter unbekümmert.

Aber Vater schien sie gar nicht zu hören. Wie im Selbstgespräch murmelte er: «Freundlich und verständnisvoll! Und das werde ich bis an mein Lebensende zu hören kriegen. Ich werde verrückt.» Er sah mitleiderregend aus mit seinen großen, traurigen Augen. «Genau wie Strindberg.»

«Also, Harry, wirklich, ich bin erstaunt», sagte Mutter. «So viel Getue, und ich dachte, du würdest dich freuen, deiner Tochter helfen zu können.» Vater hatte sie offensichtlich enttäuscht.

Mutter gab mir einen Gutenachtkuß, strich Vater über das ergrauende Haar und sagte: «Harry – nun hast du mich doch nicht daran erinnert, an den Hausmakler zu schreiben wegen des Hauses auf Sark. Ich muß das gleich morgen früh als erstes erledigen!»

Vater, der wie betäubt dasaß, sagte kläglich: «Warte lieber noch ein paar Tage», sagte er. «Es hat keinen Zweck, solche Dinge zu überstürzen.»

25

Alle Jahre geschieht es wieder: mitten im Winter eine Ahnung von Frühling. Erstes verstohlenes Grün an nachtschwarzen Zweigen. Die Wintersonne wärmt, der Wind weht mild. Morgen würde vielleicht schon wieder Winter sein, heute aber war ein Frühlingstag.

Johnnie Wrighton fuhr auf einem neuen gelben Traktor den

steilen Hang hinauf. Ich rief und winkte ihm zu. Er zuckelte lachend heran, drehte eine Runde vor mir und brachte den riesigen Traktor knirschend zum Stehen.

«Paß bloß auf, daß sich dieses Monstrum nicht überschlägt», sagte ich lachend, nachdem Johnnie den Motor abgestellt hatte.

«Hallo, Vi. Ich will gerade Vesper machen. Willst du nicht ein Butterbrot mitessen?»

Wir setzten uns auf gebrochenes Mauerwerk. Über uns in den Baumkronen hingen noch alte, vertrocknete Blätter.

Johnnie hatte eine Thermosflasche mit warmem Kaffe bei sich. Rosiger Schinken quoll aus den Brotscheiben.

Mein Gott, war das schön, hier oben in der Sonne mit ihm zu sitzen. «Ich glaube wirklich, du würdest deinen letzten Brotkanten mit mir teilen», sagte ich fröhlich.

«Ich würde ihn dir sogar ganz geben», sagte er lächelnd.

«Johnnie», sagte ich mit vollem Mund, «ich muß dir was erzählen.»

«Ja – was denn?» Er blinzelte in den Himmel.

Ich kaute und schluckte.

«Na los», sagte er. «Spann mich nicht auf die Folter, Vi.»

«Ja, weißt du, es ist etwas Trauriges und auch etwas Wunderbares.»

«Na, schieß schon los, was ist es denn?»

«Wir ziehen fort von hier, wir ziehen auf die Insel Sark.»

«Und du freust dich darüber?» Es klang fast niedergeschlagen.

«Und ob ich mich darauf freue.»

Er schwieg eine Weile. Dann sagte er leise: «Vi, weißt du eigentlich, daß du mir weh tust, wenn du das sagst?»

Innerlich mußte ich zugeben, daß ich manchmal nicht so nett bin, wie ich immer glaube. So hätte ich es ihm nicht sagen dürfen. Es mußte ihm ja weh tun.

Johnnie stand auf und gab mir förmlich die Hand. «Ich muß jetzt wieder an die Arbeit gehen, Vi. Also dann alles Gute», sagte er und ging hinüber zu seinem Traktor.

Nachdenklich machte ich mich auf den Heimweg. Ich hatte mich nicht richtig verhalten. Daß er sich aber so ruhig mit der Nachricht abfand, nahm mir allen Wind aus den Segeln. Ich hatte ihn ja eigentlich auch nur auf die Probe stellen wollen.

26

«Also, ich kann nur sagen: Sie haben wirklich Glück, Mrs. Kemble», sagte der Hausmakler.

«Warum?» fragte Mutter vergnügt.

«Weil Sie zwanzig Jahre in diesem Haus gewohnt haben, ohne daß es über Ihren Köpfen zusammengebrochen ist. Sie erwarten doch wohl nicht, daß ich dafür je einen Käufer finde?»

«Wir sind hier jedenfalls sehr glücklich gewesen», sagte Mutter.

Mr. Bateson streckte die Waffen. «Na schön, ich werde es also zum Verkauf anbieten. An was für einen Preis haben Sie denn gedacht?»

«Achttausend Pfund.»

«Ich glaube, wenn ich viertausend kriege, können Sie von Glück reden.»

«Mit mehr rechne ich auch gar nicht», sagte Mutter ungerührt. Sie wies mit der Hand auf die Wildnis im Garten. «Vergessen Sie ja nicht: ‹großer naturgewachsener Garten›.»

«Ist gut», sagte Mr. Bateson und machte sich ein paar Notizen. ‹Naturgewachsen› hielt er zweifellos für ein krasses Understatement.

Mutter hatte den Verkauf des Hauses übernommen. Dafür gab es zwei Gründe. Die Grundbucheintragung lautete auf ihren Namen. Und zweitens: Vater wagte sich kaum noch ins Dorf. Als Mr. Bateson dann unser Haus als «geräumigen herrschaftlichen Wohnsitz» bezeichnete, griff Vater zum Telefon und kärte ihn darüber auf, daß ein herrschaftlicher Wohnsitz *immer* geräumig sei; sonst sei es kein herrschaftlicher Wohnsitz. Mr. Bateson reagierte darauf pikiert. Vielleicht lag es daran, daß Mr. Batesons Interesse an dem Verkauf etwas erlahmte; auf jeden Fall erschien nicht ein einziger Käufer.

Vater sagte eines Tages bitter: «Mich würde es nicht wundern, wenn das Haus mit der Zeit verfällt und die Leute es ‹Kembles Klapsmühle› nennen. Und wenn sich dann später einmal einer über den Namen wundert, wird es heißen: ‹Kemble, das war doch der mit den anonymen Briefen.›»

Der Umzug wurde auf den ersten April festgesetzt. Perse, die nach den Osterferien aufs Internat gehen würde, sollte ein paar Tage mitkommen. Langsam füllten sich unsere großen Räume mit Kisten und aufgerollten Teppichen. Mutter und ich packten das Porzellan ein, wir nahmen die Bilder von den Wänden und leerten die Schubladen. Vater raffte seine Manuskripte zusammen und suchte nach verlegten Pfeifen.

Und plötzlich war dann der 30. März da, und immer noch war vieles ungetan. Wenn ich an Johnnie und Miss Buttle dachte, schlug mir das Gewissen.

Vor allem Johnnie hätte ich gern noch einmal gesehen. Ich hatte ihn ja doch sehr gern. Aber dafür blieb jetzt keine Zeit mehr.

Das Telefon klingelte wieder einmal, und Johnnie war am Apparat. «Hallo, Vi. Wann fahrt ihr?»

«Hallo, Johnnie. Samstag in aller Herrgottsfrühe.»

«Du, Vi, ich möchte dich gern noch einmal sehen. Ich muß noch einmal mit dir sprechen.»

Ach du liebe Zeit, dachte ich. Ich wußte schon . . . «Gut, komm doch morgen abend her. Das Haus sieht allerdings furchtbar aus.»

Es klang sicher nicht gerade begeistert, aber Johnnie war ganz aufgeregt. «Ja, also, Vi, stell dir vor, mein Vater will mir nach der Ernte den Hof übergeben und mit meiner Mutter nach Derby ziehen.»

«O Johnnie, das freut mich aber für dich.»

«Ja, damit ändert sich natürlich alles, weißt du. Wenn du wolltest –» Er hielt inne. «Also dann bis morgen, Vi.» Und er hängte auf.

Ich hätte das Treffen gern vermieden.

Am nächsten Tag ging ich, um mein Gewissen zu beschwichtigen, morgens noch einmal zu Miss Buttle.

Ich erkannte sie kaum wieder. Sie war ganz zusammengefallen und ging gebeugt in ihrer Wohnung herum. Sie umschloß meine beiden Hände mit den ihren und strahlte. «Viola, das ist aber lieb von dir. Komm herein, setz dich.»

Ich umarmte die kleine Person, da ich in diesem Augenblick doch wieder die alte Zuneigung zu ihr empfand. «Wie geht es denn, Miss Buttle?» fragte ich.

«Nun, es geht so, bis auf das Herz.»

«Ach – das tut mir aber wirklich leid.»

In der Wohnung sah es wieder hell und gemütlich wie früher aus. Wir saßen auf dem Sofa. Sie lächelte mich an. «Nun erzähl mir doch mal ein bißchen von dir und von Sark. Ich will uns zwischendurch nur rasch eine Tasse Tee machen.»

Als sie den Tee brachte, sagte ich: «Ach, liebe Miss Buttle, hoffentlich haben Sie mir meine Ungezogenheit verziehen. Sonst wäre ich sehr unglücklich. Wir waren doch immer so gute Freundinnen. Schade, jetzt werde ich Sie gar nicht mehr besuchen können. Hoffentlich sind Sie auch nicht zu einsam hier oben.»

«Nein, mein Kind. Dienstags kommt immer Miss Crayshaw, und auf dem Marktplatz gibt es eigentlich immer was zu sehen.»

«Ja», sagte ich, «das ist wahr», und stand auf. «Das ist ein hübscher Blick von hier oben.»

Heute war Freitag und Markttag. Unten herrschte ein lebhaftes Treiben. Gegenüber, vor dem Schaufenster von Burrow, dem Fischhändler, stand ein junger Mann – ausgerechnet Johnnie Wrighton. Von hier oben sah er wirklich recht stattlich aus. Zum erstenmal hatte ich das Gefühl, daß er mir fehlen würde. Besonders wenn ich an Halloween dachte. Da oben auf Harker's Clump hatten wir uns sogar geküßt, und das hatte nicht nur an den Bloody Marys gelegen. Und plötzlich freute ich mich, daß wir uns am Abend noch einmal sehen würden.

Miss Buttle trat neben mich ans Fenster. «Da unten ist ein munteres Treiben wie auf Brueghels Bildern. Nur die Autos stören. Ach, da ist ja auch der junge Wrighton», sagte sie und zeigte hinunter. «Ein besonders netter Junge.»

«Ja, seit dem Halloween-Tanzfest habe ich ihn öfter getroffen. Ich hab ihn auch schrecklich gern.»

«Junge Männer sind heute selten so frisch und natürlich wie er. Das Mädchen, das den mal bekommt, kann sich freuen.»

Zum Abschied drückte mir Miss Buttle einen Kuß auf die Stirn und strich mir übers Haar. Verschmitzt lächelnd sagte sie: «Na, wie wär's denn mit Johnnie Wrighton? Aber du gehst ja fort von hier.»

Natürlich hatte ich nicht erwartet, daß meine Mutter, als ich ihr Johnnies Abschiedsbesuch ankündigte, in freudiges Entzücken ausbrechen würde. Im Gegensatz zu Miss Buttle schien sie nichts Besonders an «diesem Bauernjungen», wie sie ihn nannte, zu finden. Dann schnaubte sie los: «Also, da hört sich ja wirklich alles auf. Dein Vater beschließt kurzerhand, daß er von nun an auf Sark leben will. Und was kommt dabei heraus? Alles und jedes bleibt an mir hängen. Ich muß das Haus verkaufen, ich muß die ganzen Sachen verpacken, den Umzug überwachen und mich um tausend Kleinigkeiten kümmern. Und dann, wenn das Chaos seinen Höhepunkt erreicht hat, das Haus auf dem Kopf steht und ich nicht mehr weiß, wo vorn und hinten ist – dann kommst du noch angelaufen und willst eine Party geben.»

«Es ist doch gar keine Party. Johnnie will sich nur kurz von mir verabschieden. Soviel Freunde habe ich ja hier gar nicht.»

Sie sah mich scharf an. «Weißt du, Vi, manchmal fange ich an, mir Sorgen um dich zu machen. Du hast nun beinahe achtzehn Jahre hier verbracht, und dann gibt es nur einen Jungen, der sich von dir verabschieden will?»

Gegen Mutter war nicht anzukommen. Perse und Trubshaw waren bereits im Bett. Mutter, Vater und ich hockten unbequem auf alten Küchenstühlen im ratzekahlen Wohnzimmer.

Vater räusperte sich und fragte: «Hast du wohl irgendwo die Zeitung von heute gesehen, Clementine?»

«Gewiß habe ich sie gesehen», sagte Mutter. «Ich habe mir erlaubt, deine Schuhe darin einzuwickeln. Sie sind ganz unten in dem großen schwarzen Koffer.»

«Oh, schon gut», sagte Vater hastig. «Ist auch nicht so wichtig.»

«Wirklich, sehr rücksichtsvoll von dir.» Noch nie hatte ich Mutter so schlechter Laune gesehen. Dann bekam ich sie zu spüren.

«Sagtest du nicht, du wolltest um acht eine kleine Party geben. Vi?» sagte sie bissig. Es war jetzt fast neun.

«Oh, es war keine feste Verabredung», sagte ich. «Ich sagte dir doch, daß Johnnie sich nur kurz von mir verabschieden wollte.»

«Also diese Hinterwäldler da oben in den Hügeln –» sagte Mutter kopfschüttelnd, «aber du läßt dir ja anscheinend alles –»

«Du tust gerade so, als ob es Höhlenbewohner wären», sagte ich gekränkt und ging nach draußen. Kein Johnnie zu sehen weit und breit. Nur der Mond, von Wolkenschleiern überzogen, hing hinter dem Gezweig der hohen Ulmen und stand kalt und still über Harker's Clump.

Schließlich ging ich enttäuscht ins Haus zurück. Mutter sah auf die Uhr. «Hat er dich sitzenlassen, Kleines?» Das klang jetzt liebevoll. Ihre Stimmung war anscheinend umgeschlagen.

«Ja, meine Lieben, nun schlafen wir zum letztenmal im alten Pfarrhaus», sagte sie melodramatisch.

«Also, Clem, nun nicht noch diese Töne. Diese Sentimentalität ist ja wirklich unerträglich», sagte Vater. «*Du* wolltest hier heraus, du hast erreicht, was du wolltest. Nun werde nicht auch noch rührselig.»

«Schade, Harry», sagte Mutter kühl, «daß dir jedes tiefere Gefühl abgeht.»

27

Am nächsten Morgen gab es kein Shepherd's Delight, keine Miss Buttle, keinen Johnnie mehr für mich. Ein Taxi brachte uns zum Flugplatz Donington, wo Vater sich sogleich ein ganzes Bündel Zeitungen und Zeitschriften kaufte. «Wer weiß, wann wir wieder ein zivilisiertes Blatt zu Gesicht bekommen.»

«Wir fliegen schließlich nicht ins Quellgebiet des Amazonas», sagte Mutter sarkastisch.

Mutter und Vater waren schon öfter geflogen. Für mich aber war es noch aufregend und faszinierend. Wir saßen ganz vorn in der Maschine. Perse nutzte jede Gelegenheit, mit dem Steward zu kokettieren. Trubshaw hatte sich mit roten Ohren in Comic-Hefte vertieft.

Die Fahrt von Guernsey nach Sark mit dem Schiff verlief stürmisch. Das Schiff stampfte und schwankte. Um mich abzulenken, griff ich nach einer von Vaters Zeitungen. Angestrengt starrte ich auf die Buchstaben, denn ich wagte keinen Blick mehr auf den tanzenden Horizont zu riskieren. Und gerade als Mutter sagte: «Wir sind da, Vi», fiel mein Auge auf eine kleine Notiz.

«Der Farmer John Wrighton auf Harker's Clump bei Shephard's Delight wurde gestern mit lebensgefährlichen Verletzungen ins Krankenhaus eingeliefert. Er war beim Pflügen unter den Traktor geraten. Das Fahrzeug hatte sich auf einem der abschüssigen Felder in den Hügeln überschlagen.»

«Vi, nun komm endlich und laß die Zeitung sein», sagte Mutter ungeduldig.

Ich sah auf und erblickte grüne Felsen, einen Leuchtturm, einen kleinen Hafen und darüber einen Himmel, so blau, wie ich ihn noch nie gesehen hatte.

«Mutter», sagte ich, «Johnnie, er ist –»

Aber Mutter hatte kein Ohr für mich. «Harry! Wo ist bloß Trubshaw?»

Vater sah sich besorgt um. «Irgendwo auf diesem verdammten Schiff muß er ja sein.»

«Mutter, denk doch bloß –» versuchte ich wieder.

«Sieh doch mal unten im Maschinenraum nach», sagte Mutter.

«Hier gibt es keinen Maschinenraum», sagte Vater gereizt. «Wir sind schließlich nicht auf der ‹Queen Elisabeth›.»

«Perse!» schrie Mutter. «Wo ist Trubshaw?»

«Weiß ich nicht», rief Perse zurück. Sie hatte sich mit den Matrosen angefreundet und half beim Auslegen der Gangway.

Schließlich kriegte ich einen hysterischen Anfall und fing an zu weinen und zu schreien.

«Vi – hast du den Verstand verloren?» sagte Mutter streng. «Harry, ich bitte dich, geh doch mal hin und sieh nach, ob Trubshaw nicht in der Toilette oder sonstwo sitzt und schläft. Sonst nehmen sie ihn wieder mit zurück nach Guernsey.»

Endlich konnte ich Mutter die Notiz in der Zeitung zeigen. «Ach du lieber Himmel, jetzt wissen wir auch, warum er nicht gekommen ist, der arme Junge.»

Trubshaw kam die Treppe von der Brücke heruntergeklettert, und wir gingen an Land, wo ich mich plötzlich in einem verwirrenden Gedränge von Menschen, Pferden, Karren und Gepäck befand. Wir stiegen in einen offenen Wagen, das Pferd wieherte, und wir rollten den Hügel hinauf.

«Wo ist das Postamt?» fragte ich den Kutscher.

«Was willst du denn um Himmels willen auf dem Postamt?» fragte Vater.

«Johnnie Wrighton ist schwer verletzt.»

«Was für ein Johnnie Wrighton denn?»

Aber in diesem Augenblick hielt auch schon der Kutscher an. «Hier ist das Postamt, Miss.»

Ich sprang aus dem Wagen. «Vi», riefen Vater und Mutter wie aus einem Mund, aber ich ließ mich nicht aufhalten, rannte ins Postamt und gab ein Telegramm an Miss Buttle auf: SEHR BESORGT ÜBER JOHNNIES BEFINDEN STOP ERBITTE NACHRICHT STOP VIOLA KEMPLE. Darunter setzte ich die Adresse des Hotels, in dem wir wohnten, bis die Möbel eintrafen.

Im Hotel hatten Perse und ich zusammen ein Zimmer, und ich merkte, wie sie mich die ganze Zeit beim Auspacken beobachtete. Schließlich sagte sie ganz sanft: «Vi – kriegst du vielleicht ein Baby?»

«Nein. Wie kommst du denn bloß darauf?»

«Ja, was hast du denn dann? Warum bist du auf dem Postamt gewesen?»

Ich zeigte ihr mit Tränen in den Augen die Zeitungsnotiz.

«Du lieber Gott», sagte Perse. «Der Ärmste. Aber du – du liebst ihn doch nicht?» fragte sie.

«Nein, aber ich habe ihn sehr gern. Ich habe Miss Buttle ein Telegramm geschickt. Ich will wissen, wie es ihm geht.»

«Fein.» Perse, die um alle Gefühle einen so weiten Bogen machte wie andere Leute um Gefahren, stand auf und sagte energisch: «Also los, packen wir aus. Du, sieh mal, wie findest du meinen neuen Pyjama? Sexy, was?»

Dann gingen wir hinunter zum Abendessen. Mutter sah großartig aus: Pelzcape, Ohrringe, Perlenkette – phantastisch. Sie war auch gut gelaunt.

«Nun – ist das nicht eine ganz himmlische Insel?»

«Ist denn hier im Hotel keine Bar?» fragte Perse enttäuscht.

«Den Lagonda habe ich ja nun mal verkauft», sagte Vater, «aber einen Mini könnten wir hier sehr gut gebrauchen.»

«Also, ihr seid mir die Richtigen», sagte Mutter und breitete gereizt ihre Serviette aus. «Mein Leben lang habe ich auf den Tag gewartet, wo ich euch meine geliebte, herrliche Insel zeigen kann. Und nun interessiert sich Perse nur für die Bar, du trauerst deinem Lagonda nach, und Vi weint. Ich könnte euch alle schütteln, wie ihr da seid.»

Perse kam mir jetzt zu Hilfe und sagte: «Aber Vi kann doch wirklich nichts dafür, Mutter, ich verstehe sie sehr gut. Schließlich ist Johnnie ihr bester Freund, und sie weiß nicht einmal, ob er überhaupt noch lebt.»

Da beugte sich Mutter über den Tisch und legte ihre Hand auf meinen Arm. «Aber mein Liebes, woher sollte ich das denn wissen? Du hast mir doch kein Wort davon gesagt, daß ihr euch so nahesteht. Armes Kleines! Also, Harry, davon hättest du mir ja auch etwas sagen können. Du wirst doch schließlich davon gewußt haben.»

«Wovon?» fragte Vater.

«Nun, davon, daß unser Liebling in Johnnie Wrighton verliebt ist.»

«Das erste, was ich höre.»

«Bitte, hört jetzt auf damit», sagte ich, noch immer weinend.

Am Sonntag kam kein Telegramm von Miss Buttle. Auch kein Telegramm am Montag. Ich konnte es nicht mehr ertragen und ging zu meinen Eltern und sagte: «Miss Buttle hat auf mein Telegramm nicht geantwortet. Wie kann ich bloß etwas über Johnnie Wrighton in Erfahrung bringen?»

«Wie wär's, wenn du den Pfarrer anriefest. Der muß ja schließlich wissen, was mit seinen Schäfchen los ist», meinte Vater.

«Vater – würdest du ihn vielleicht für mich anrufen?» bat ich.

Nach einer Flasche Rotwein und einer guten Zigarre hätte Vater den Papst im Vatikan angerufen. «Natürlich, mein Mädchen, gerne», sagte er und ging hinaus in die Halle.

Als er zurückkam, sah er sehr ernst aus. Er sah mich an und sagte: «Vi, er weiß noch nichts Genaues. Er wird sich erkundigen und dich dann zurückrufen.»

«Aber er lebt?»

«Ja. Er lebt.»

Vater schwieg, aber offensichtlich bedrängte ihn noch etwas anderes. «Ich habe eine traurige Nachricht für dich, mein Kind. Miss Buttle ist gestorben.»

«O nein», schrie ich auf, und Tränen schossen mir in die Augen. «Ich habe sie doch am Freitag noch gesehen!»

«Am Freitagnachmittag ist es passiert. Herzschlag. Es tut mir so leid für dich, Vi.»

Gegen Abend wurde ich ans Telefon gerufen.

«Hallo, Viola, ich bin's», sagte der Pfarrer. «Ich habe eben mit Johnnies Arzt gesprochen.»

«Ja?»

«Also, Johnnie ist wieder bei Bewußtsein, hat schon etwas gegessen und schläft jetzt ganz friedlich. Der Arzt sagt, wenn keine Komplikationen eintreten, wird er in wenigen Wochen wieder auf den Beinen sein.»

«Oh – Gott sei Dank, da bin ich aber froh.»

«Das sind wir alle, mein Kind.»

«Vielen Dank, daß Sie mich angerufen haben. Meine allerherzlichsten Grüße, wenn Sie mit ihm sprechen.»

«Deine allerherzlichsten Grüße.» Er lachte leise. «Gut. Lebwohl, mein Kind. Ich freue mich, daß ich dir diese gute Nachricht geben konnte. Ich hoffe, ihr seid dort alle wohlauf.»

Ich ging wieder in die Halle zurück. Drei Augenpaare sahen mir besorgt entgegen.

«Er wird wieder gesund», sagte ich. «Jedenfalls meint der Arzt das.»

«Bringen Sie meiner Tochter einen doppelten Cognac», sagte Vater zu dem Kellner, der gerade erschienen war.

28

Das Haus, das Onkel Rupert Mutter hinterlassen hatte, war wirklich sehr schön. Glyzinien, Klematis und Rosen umrankten es. Es glich einer eleganten älteren Dame von hoher Kultur.

Es stand im Schutz einer Baumgruppe und nicht auf umwindetem Fels.

Und es war warm und behaglich.

Selbst Perse gefiel es hier. «Mensch», sagte sie, «muß ich wirklich ins Internat?» Und als wir sie dann wenige Tage später an die Anlegestelle des Dampfers brachten, sagte sie beim Abschied: «Ach Gott – ihr wißt überhaupt nicht, wie gut ihr's hier habt.»

Es war auch schön hier auf der Insel, das muß man schon sagen. Das offene Meer, der menschenleere Strand, die hohen Felsen und tiefen Schluchten, die grünenden Wiesen, und im Sommer, das wußte ich von Mutter, war dieses Fleckchen Erde ein einziger Blumenteppich.

Aber auch ich konnte hier nicht bleiben.

Mutter war beim Unkrautjäten im Garten hinter dem Haus.

«Mutter, ich muß zurück nach Shepherd's Delight. Ich muß zu Johnnie.»

Sie riß heftig an einem Löwenzahn und sagte: «Wozu? Er ist nicht mehr in Gefahr. Und außerdem, Viola, war das doch nur eine Jugendfreundschaft. Dein Platz ist jetzt hier. Du wirst mir doch nicht erzählen wollen, daß es wirklich was Ernstes ist?»

«Doch, es ist ernst, ich liebe ihn nämlich», sagte ich.

«Also, Viola, nun hör mal, wir haben dich schließlich nicht auf die höhere Schule geschickt, damit du dein Leben zwischen Kühen und Traktoren verbringst.»

Anschauungen hatte sie manchmal! Aber mich sollte sie nicht zurückhalten.

Ich bestellte im Hotel ‹Royal George› ein Einzelzimmer für drei Nächte. Dann packte ich. Am nächsten Morgen wollte ich das Schiff nach Guernsey nehmen. Ich besorgte mir eine Fahrkarte und kam ruhig und sicher nach Hause.

Vater empfing mich schon an der Haustür. «Gott sei Dank, daß du wieder da bist. Mutter hat sich den Fuß gebrochen. Herrgott, was ich aber auch alles mitmachen muß.» Er fuhr sich heftig durchs Haar.

Wehmütig streckte sie mir die Hand entgegen. «Herzchen, wie gut, daß du wieder da bist!»

«Aber wie ist denn das bloß passiert, Mutter?»

«Zu dumm. Ich bin einfach ausgerutscht, auf dem Gartenweg.»

«War denn der Arzt schon da?»

«Aber natürlich, Kind. Ich hatte ganz wahnsinnige Schmerzen.»

«Und was hat er gesagt?»

«Vollständige Ruhe.»

«Ist der Fuß denn wirklich gebrochen?»

«Wenn nicht gebrochen, dann jedenfalls schwer verstaucht.»

«Wirklich zu dumm», sagte ich. «Gerade jetzt, wo ich nach Shepherd's Delight fahren will.»

Schweigen. Dann explodierte Vater. «Also Kind, du kannst doch jetzt deine Mutter nicht im Stich lassen.»

Mutter schüttelte gramvoll den Kopf. «Harry – wir dürfen von der heutigen Jugend nicht das Pflichtgefühl erwarten, zu dem man unsere Generation erzogen hat.» Dann sagte sie zu mir mit schwachem Lächeln: «Fahr nur, mein Kind, und amüsier dich gut. Dein Vater ist ja hier.»

«Ja, leider Gottes, kann ich nur sagen», schimpfte Vater los. «Aber daran, daß ich meine Artikel schreiben muß, denkt wohl keiner. Du fährst mir auf keinen Fall», sagte Vater dramatisch, «sonst kannst du was erleben, sage ich dir.»

«Mutter, du kannst vielleicht Vater etwas vormachen, aber nicht mir. Du hast das bestimmt mit Absicht getan, damit ich nicht zu Johnnie fahren kann.»

Mutter, ganz Märtyrerin, sagte: «Vi, wenn du eine Ahnung hättest, was für Schmerzen ich habe, dann würdest du so etwas Ungezogenes nicht behaupten.»

Ich wandte mich an Vater und sagte: «Ich nehme das Schiff morgen früh. Ich lasse mich nicht mehr davon abbringen.»

Plötzlich hatte ich das Gefühl, erwachsen zu sein.

Der Wecker hatte noch nicht gerasselt, draußen dämmerte es.

Irgend jemand klopfte an die Tür. Ich richtete mich im Bett auf und knipste das Licht an. «Ja bitte!» rief ich.

Vater, in einen grauen Hausmantel gehüllt, trat ein. Sein Haar war wirr, sein Kinn mit Bartstoppeln bedeckt. Er schlurfte zu mir ans Bett und sagte pathetisch: «Ich habe die Nacht kein Auge zugetan, Vi, fühl bloß mal meine Stirn.» Er sah mich angstvoll an. «Glaubst du, ich habe Fieber?»

Ich legte ihm die Hand auf die Stirn. «Nein», sagte ich entschlossen.

«Meinst du nicht?» sagte er erleichtert. «Meinst du, ich sollte vorsichtshalber ein paar Aspirin nehmen?»

«Ich hole dir welche. Und dann mache ich dir eine Tasse Tee. Geh nur wieder ins Bett.» Und ironisch setzte ich hinzu: «Die Sonne wird auch für dich noch aufgehen.»

«Vi – in meinem Alter ist so etwas wirklich nicht zum Scherzen», sagte er und schlurfte in sein Zimmer zurück. Als ich dann mit dem Tee kam, schlief er fest.

Ich badete und zog mich an, schnallte meinen Koffer zu und sah noch einmal in Vaters Zimmer.

Trübe blinzelte er mich aus den Kissen an. «Ich glaube, du mußt doch den Arzt rufen», ächzte er. «Mir ist hundeübel.»

«Schön», sagte ich mitleidslos, «ich werde auf dem Weg zum Schiff bei ihm vorbeigehen und ihn bestellen.»

Er fuhr hoch. «Du wirst mich doch in diesem Zustand nicht allein lassen wollen, jetzt, wo Mutter nicht einmal nach mir sehen kann.» Ich ging hinüber zu Mutter. Sie lächelte heldenhaft. «O Liebling, noch nie bin ich über den Anbruch des Morgens so dankbar gewesen wie heute. Die ganze Nacht habe ich noch über dich nachgedacht und bin zu dem Entschluß gekommen, daß du nun eigentlich erwachsen bist und wir uns nicht mehr einmischen dürfen. Du mußt tun, was dir dein Gewissen vorschreibt.»

«Ja, Mutter, deshalb fahre ich ja nach Shepherd's Delight.»

Sie schwieg einen Augenblick und fragte dann: «Du weißt, daß Vater krank ist?»

«Das dürfte psychosomatisch bedingt sein», sagte ich.

«So, meinst du? Ich kann mir zwar nicht vorstellen, was *meine* Eltern gesagt hätten, wenn ich sie so im Stich gelassen hätte. Aber ehrlich gesagt, kann ich mir auch nicht vorstellen, daß ich das fertiggebracht hätte. Freilich, die Jugend denkt heute ganz anders über diese Dinge.» Sie seufzte tief.

«Schön, mein Liebling. Komm, gib mir noch einen Kuß.» Sie hielt mir ihre Wange hin.

Ich küßte sie, und um sie ein wenig zu versöhnen, sagte ich:

«Ich bringe dir und Vater noch das Frühstück und sorge dann dafür, daß Trubshaw sich wäscht und anzieht.»

Die beiden hatten wirklich alles versucht, mich von meinem Vorhaben abzubringen, doch was es mir unmöglich machte, es durchzuführen, war die Tatsache, daß Trubshaw ausgerechnet an diesem Morgen Mumps bekommen hatte.

«Ich habe ganz dicke Backen», sagte er stolz zu mir, als ich zu ihm ins Zimmer kam.

Ich holte das Thermometer. Neununddreißig.

Ich ging hinüber zu Mutter. «Na schön, du hast gewonnen», sagte ich bitter. «Trubshaw hat Mumps.»

«Der arme Kleine, er tut mir leid, und du auch, wo du gerade fahren wolltest», sagte Mutter kläglich.

Dann ging ich zu Vater. «Ich beziehe also meine Stellung als Krankenschwester. Ich gebe mich geschlagen. Trubshaw hat Mumps.»

«Allmächtiger.» Ängstlich betastete er seine Wangen. «Ob er mich wohl angesteckt hat? Bei Erwachsenen kann das sehr gefährlich werden.»

Ich ging nach unten und rief den Arzt an. Dann machte ich Frühstück für die drei und brachte die Tabletts nach oben. Dann räumte ich im Haus auf und trank selbst eine Tasse lauwarmen Tee, die Mutter übriggelassen hatte. Anschließend belud ich ein Tablett mit Mutters Make-up-Sachen, um die sie gebeten hatte. Vater verlangte seine Pfeife, Tabak und Streichhölzer, Papier und Kugelschreiber und Band III der ‹Encyclopaedia Britannica›. Dann rief er hartnäckig alle fünf Minuten, ob der ‹Daily Telegraph› noch nicht gekommen sei. Später am Vormittag brachte ich Trubshaw ein Glas Saft und meinen Eltern je eine Tasse Kaffee. Mutter wollte dann allerdings – «Wenn es dir wirklich keine Mühe macht, Liebling» – lieber Tee. Dreimal spielte ich Halma mit Trubs, ging dann in mein Zimmer und schrieb Johnnie einen Brief, schrieb ihm, daß ich ihn gern im Krankenhaus besucht hätte, hier aber alles krank sei und ich ihm so nur von Herzen gute Besserung wünschen könnte.

Aber auch dabei wurde ich mehrfach von meinen lieben Kranken unterbrochen. Wirklich, eine Krankenschwester konnte nicht geplagter sein. Was für Tage!

Aber dann war Vater doch wieder sehr schnell auf den Beinen, da ich ihm Alkohol und Tabak rationiert hatte. Mutter stöhnte über ihren verstauchten Fuß. Nur Trubshaw war ernstlich krank. Er hatte Mumps. Das hatte der Doktor ausdrücklich bestätigt.

Immerhin – die Zeit heilte alles. Auch Mutters Fuß schmerzte schließlich nur noch, wenn jemand Shepherd's Delight erwähnte.

29

Ich verstehe nichts von Naturwissenschaft, aber irgendwo habe ich gelesen, daß Atome oder Elektronen niemals ausruhen, sondern wie verrückt unaufhörlich durch die Weltgeschichte jagen. So ähnlich ist Mutter. Im letzten Jahr war sie rund um die Welt gefahren, hatte das Problem Chisholm und Gloria erledigt und uns von Derbyshire nach Sark verpflanzt, alles bestens abgewickelt (bis auf den Verkauf des Hauses in Shepherd's Delight). Schließlich auch noch einen verstauchten Fuß überstanden – und jetzt, plötzlich, stand sie da, und nichts war mehr zu tun. Das konnte nicht lange gut gehen, da war ich ganz sicher.

Mein Geburtstag fiel ausgerechnet auf einen Sonntag, und es war ein herrlicher Sommertag. Natürlich hatte mir Perse eine freche Glückwunschkarte geschickt, aber am meisten hatte ich mich darüber gefreut, daß am Tag zuvor wieder einer von Johnnies Briefen eingetroffen war. Ich hatte ihn immer und immer wieder gelesen. Er schrieb mir, wie sehr ich ihm fehlte, wie sehr er mich liebte und wie sehr er hoffte, daß ich seine Liebe erwiderte, und wie schön es sein könnte, wenn wir vielleicht noch vor dem Winter heirateten. Bis dahin werde er auch die Farm modernisiert haben. Der Brief war so rührend, daß es mir fast das Herz zerriß.

Es war ein herrlicher Tag gewesen. Mutter und ich hatten zusammen in der bewegten See geschwommen und nachher faul im Sand gelegen, gelesen, geträumt und vergnügt geschwatzt. Ich hatte Mutter davon erzählt, daß Johnnie im Herbst die große Farm erben würde, und auch davon, daß Miss Buttle ihn so frisch und natürlich fand und wie sie mich beim Abschied gefragt hatte: «Na, wie wär's denn mit Johnnie?» Mutter war sehr lieb, schien aber von all dem nicht besonders beeindruckt. Später saßen wir dann bei Kaffee und Kuchen zusammen, als sie zu Vater sagte: «Sag mal, Harry, findest du eigentlich, daß wir uns Viola gegenüber ganz fair verhalten?»

«Wieso?» fragte er argwöhnisch.

«Ja, Lieber, sie ist nun achtzehn. In ihrem Alter müßte sie Umgang mit jungen Leuten haben, und dazu hat sie hier auf dieser abgeschiedenen kleinen Insel weiß Gott keine Gelegenheit.»

Ich horchte auf, Vater verschlug es die Sprache. «Also, nun hört sich doch alles auf! Wer hat uns denn auf diese abgeschiedene kleine Insel verschleppt?» fragte er dann vorwurfsvoll.

«Aber Lieber, du wolltest doch unbedingt nach dieser gräßlichen Geschichte mit den Briefen Tausende von Meilen zwischen dich und Shepherd's Delight legen. Und du bist nur zu gern mit hierhergekommen. Jeder andere wäre heilfroh gewesen, wenn ihm jemand den Abgang erleichtert hätte.»

Vater legte die Hände auf den Tisch und lehnte sich im Stuhl zurück. «Du großer, gütiger Gott», sagte er fast ehrfürchtig, «jetzt soll ich die Briefe wohl auch noch *geschrieben* haben!»

«Na, schließlich kam es ja auf das gleiche heraus, nicht wahr? Jedenfalls will ich nicht, daß meine Tochter hier versauert!» Und sie blinzelte mir dabei verständnisinnig zu.

Mutter war wie verwandelt. Ich wußte, daß sie einen Plan verfolgte, aber ich ahnte nicht, was sie im Schilde führte.

Eines Morgens, als ich zum Frühstück herunterkam, rief Mutter: «Oh, Vi, wie schön, daß du schon auf bist. Hier ist ein schrecklich interessant aussehender Brief für dich. Schnell, mach ihn auf. Er kommt von einem Rechtsanwalt.»

Ich öffnete den Brief, las ihn, und Mutter wandte sich mir neugierig zu. «Doch nichts Schlimmes, Vi?»

«Nein. Nein, das nicht.» Ich warf noch einmal einen Blick auf den Anfang des Briefes. «Es betrifft Miss Buttle. Sie hat mir all ihr Hab und Gut hinterlassen!»

«Nein, das ist doch nicht die Möglichkeit! Ja, gibt's denn so was. Wie kommt sie denn dazu?»

«Ja, gern gemocht hat sie mich schon und ich sie auch, wenn ich auch nicht immer so nett zu ihr war, wie sie es verdient hätte.»

Vater kam in die Küche.

«Stell dir vor», begrüßte ihn Mutter. «Agnes Buttle –»

«Ihrer sei das Himmelreich», sagte Vater und bekreuzigte sich. Er schrieb gerade an einer kritischen Studie über Tschechow. «Aber was ist denn mit der Buttle?»

«Stell dir vor, sie hat Vi ihr ganzes Hab und Gut hinterlassen.»

«Na so was. Das ist wirklich sehr anständig von ihr. Darf ich?» Er griff nach dem Brief. «Aha, Viola, du mußt also hinfahren zu den Anwälten und einiges unterschreiben und ihnen die nötigen Instruktionen geben. Eine recht heikle Aufgabe für so ein junges Mädchen.»

«Ach was», sagte Mutter lebhaft. «Selbstverständlich fahre ich mit. Wir gehen beide zum Anwalt, und dann kann ich auch gleich den Makler aufsuchen und mich erkundigen, wie weit er eigentlich mit dem Hausverkauf ist; da müssen wir ja auch mal zu einem Ende kommen. Und Perse können wir dann auch gleich im Internat besuchen.»

Als erstes schrieb ich an Johnnie, um ihm die Neuigkeit mitzuteilen. Es war ein atemloser, überschwenglicher Brief. Ich schrieb ihm, wie sehr ich ihn liebte und mich auf ein Wiedersehen freute. Aber es dauerte dann doch noch einige Zeit, bis die Anwaltsfirma mir zurückschrieb und einen Termin für die Besprechung nannte.

Endlich war es soweit. Wir nahmen das Schiff nach Guernsey. Als wir schließlich im Flugzeug saßen, legte Mutter die Hand auf meine. «So, mein Herz, ich denke, wir gehen erst mal zum Anwalt, danach zum Hausmakler und dann zu Perse. Und dann willst du doch sicher auch irgendwann deinen Johnnie sehen.»

Der Anwalt war ganz reizend zu uns. Er händigte mir den Erbschein aus und gab mir die Schlüssel zu Miss Buttles Wohnung. Er bat mich als alte Freundin der Verstorbenen, alle persönlichen Papiere, die ich in den Schubladen fände, zu vernichten und alle

Gegenstände, die ich eventuell behalten wolle, zu kennzeichnen, bevor die Möbel zur Auktion abgeholt würden.

Dann suchten wir den Hausmakler auf. «Nun, Mr. Bateson, was macht der Verkauf?» fragte Mutter erwartungsvoll.

«Also, ob Sie es glauben oder nicht», sagte Mr. Bateson. «nicht ein einziger Interessent hat sich gemeldet.»

Mutter setzte sich. «Aber, Mr. Bateson, das muß an Ihnen liegen.»

«Bitte, glauben Sie mir, Mrs. Kemble, wir haben alles Menschenmögliche versucht. Wir haben sogar eine Anzeige in ‹Country Life› gehabt.»

«Und niemand hat sich das Haus auch wenigstens nur mal ansehen wollen?»

«Nein. Kein Mensch hat danach gefragt.»

Mutter überlegte und sagte dann: «Mr. Bateson – was geschieht, wenn wir es nicht verkaufen können? Was geschieht zum Beispiel, wenn die Gartenmauer brüchig wird? Wenn sich Dachziegel lösen? Oder wenn Äste von den Ulmen auf die Straße herabstürzen?»

«Die Gemeinde würde sich bei irgendwelchen Unfällen, die mit dem Haus zusammenhängen, immer an Sie halten, Mrs. Kemble.»

Auf dem Weg zum Hotel sagte Mutter nichts. Sie schien nachzudenken. Wir tranken noch eine Tasse Tee, aßen etwas Gebäck und machten uns dann auf den Weg zum Internat.

Ich sagte nicht viel, denn ich war mit meinen Gedanken schon bei Johnnie.

«Tag, Mutter. Tag, Vi», sagte Perse gleichgültig, als wir sie – es war gerade Pause – auf dem Schulhof entdeckten.

«Tag, mein Liebling. Ich wußte, wie du dich freuen würdest», sagte Mutter. «Aber ich habe gar nicht viel Zeit. Ich bin mit der Direktorin verabredet. Viola, du wartest lieber nicht auf mich, denn ich will ja auch den Pfarrer noch besuchen. Wir treffen uns am besten gegen Abend im Hotel.»

Sie ging ins Schulhaus. Ich gab Perse das mitgebrachte Paket. «Hier – ein Kuchen. Von Mutter gebacken.»

«Habt ihr 'ne Feile reingetan?» fragte sie hoffnungsvoll.

«Stell dir vor, Perse, Miss Buttle hat mir ihr ganzes Vermögen vermacht, was sagst du dazu?»

«Daß du dann heiraten kannst!»

«Das habe ich auch fest vor. Und ich hoffe, ich habe Mutter langsam rumgekriegt und sie allmählich davon überzeugt, daß Johnnie gar nicht so eine schlechte Partie ist.»

Es läutete zur nächsten Stunde. Perse lief, ihren Kuchen vorsichtig vor sich hertragend, auf das alte Schulgebäude zu. Sich umwendend, rief sie: «Und ich werde deine Brautjungfer, vergiß das nicht!!»

30

Wieder stieg ich die alte, steile Streppe zu Miss Buttles Wohnung hinauf, aber diesmal mit wehmütigen Gefühlen.

Viel hatte ich hier nicht zu tun.

Im Wohnzimmer stand ein kleiner, polierter Sekretär mit einer herausziehbaren Schreibplatte. Er war leer bis auf ein paar Bündel Briefe und ein paar vergilbte Papiere. Die Briefe verbrannte ich gleich im Kamin, wo Miss Buttle nie Feuer gemacht hatte. Auch ein paar alte Fotos wanderten dorthin. Nur drei davon wollte ich mir zur Erinnerung aufbewahren. Eines zeigte Misss Buttle als kleines Mädchen. Auf einem anderen war sie mit einem älteren Herrn zu sehen. Es mußte ihr Vater sein. Das dritte, etwas unscharfe Foto von ihr mußte in den letzten Jahren aufgenommen sein.

In dieser toten Wohnung einer Toten wurde mir ganz traurig zumute. Ich seufzte, nahm mir vor, alles weitere auf später zu verschieben, und zog sacht die Tür hinter mir zu.

Auf Harker's Hill wehte der Wind meine trüben Gedanken fort. Lerchen jubelten hoch in der Luft. Hügel, Wälder, Wege und Felder lagen im Schein der späten Nachmittagssonne da.

Johnnie kam auf mich zu, aber er hatte mich wohl noch nicht

gesehen. «Johnnie!» schrie ich. Ich sah, wie das alte belustigte und fröhliche Lächeln in seinem Gesicht aufblitzte. Dann fing er mich in seinen Armen auf.

Wir lachten und küßten und herzten uns wieder und wieder. «O Vi», sagte er atemlos, «wie gut es ist, dich wiederzusehen.»

«Hast du auch wirklich keine Schmerzen mehr?» fragte ich zwischen unseren Küssen.

«Nein, ich bin wieder ganz gut auf den Beinen», sagte er. «Nur hin und wieder sticht mich die eine Rippe noch etwas. Du, Vi, ich bin übrigens vorhin deiner Mutter begegnet und habe sogar eine Tasse Tee mit ihr getrunken. Sie hat mich aufgefordert, heute abend mit euch zu Abend zu essen. Sie ist wirklich furchtbar nett, und weißt du, ich hatte den Eindruck, sie mochte mich.»

«Ist ja toll.» Das war wirklich der allerglücklichste Tag meines Lebens. Johnnie streichelte mir die Wange und sagte: «Ach, Vi, jetzt werden wir doch bestimmt bald heiraten?»

«Wenn du mich noch magst . . .» sagte ich, und dann fielen wir uns wieder in die Arme und küßten uns endlos.

Als ich zurückkam, saß Mutter in der Hotelhalle und trank einen Sherry.

«Da bist du ja, Violachen. Weißt du, dieser Johnnie Wrighton ist wirklich ein reizender Junge. Ich habe ihn vorhin getroffen und einen Tee mit ihm getrunken», sagte sie. «Und ich hätte gar nicht gedacht, daß er so gescheit und intelligent ist. Übrigens kommen er und Perse heute abend hier ins Hotel, um mit uns zu essen. Weißt du, du hast für dein Alter schon eine gute Nase. Dieser John Wrighton wäre keineswegs der schlechteste Ehemann für dich.»

«Aber Mutter, was ist denn in dich gefahren?»

«Also Viola», sagte sie gereizt, «ich habe mir das alles gründlich überlegt. Ihr liebt euch, er ist ein tadelloser junger Mann, er hat dir etwas zu bieten.» Und dann explodierte sie. «Warum hast du eigentlich immer und immer nur Widerreden, wo ich doch nur dein Bestes will, Viola?»

«Ich dachte bloß . . .»

«Um Himmels willen, hör auf zu denken. Tu doch bloß einmal das, was ich dir sage.» Ärgerlich nahm sie ihre Handtasche.

«Gut, Mutter», sagte ich lammfromm. «Wenn du meinst, daß es so am besten ist.»

«Allerdings meine ich das.» Und damit ging sie auf die Tür zu.

«Mutter, was ist das da für ein Brief? Du hast ihn liegenlassen.»

«Ach, alte Papiere, Kind. Ich war auf der Bank.» Dann war sie nach oben verschwunden.

Ich sah mich um, ich war allein in der Halle, und ich konnte nicht anders: ich führte einen richtigen echten Freudentanz auf.

Auch ich ging hinauf und machte mich für den Abend zurecht. Ich schminkte meine Lippen modisch blaß und legte Lidschatten auf, wenn auch nur ganz wenig. Dann ging ich wieder hinunter in die Halle, um auf Johnnie zu warten, als Perse erschien.

«Du, ist das vielleicht ein Verlobungsessen?» fragte sie aufgeregt.

«Das wohl nicht», sagte ich, «aber so was Ähnliches.»

«Mensch, dann werde ich ja bald Brautjungfer.»

Da kam auch schon Johnnie herein, und ich lief auf ihn zu und schlang die Arme um seinen Hals. «O Lieber, Mutter kann es kaum noch erwarten, dich als Schwiegersohn zu haben.»

«Wirklich?» Er strahlte.

Jetzt erschien Mutter, mit großem Auftritt. Mit ausgestreckten Armen ging sie auf Johnnie zu und umarmte ihn. «Wie lieb von Ihnen, Johnnie, daß Sie gekommen sind.» Sie schloß die Arme um uns beide. «Ihr wißt nicht, Kinder, wie glücklich ihr mich macht. Und hier habt ihr gleich euer Hochzeitsgeschenk.» Und damit schob sie Johnnie den Umschlag von vorhin in die Hand.

Johnnie hielt den Umschlag hoch, so daß ich lesen konnte, was sie darauf geschrieben hatte.

«Nein!» schrie ich. «Das ist doch nicht möglich!» Ich faßte mich mühsam.

«Aber Mrs. Kemble, das können wir doch nicht annehmen», sagte Johnnie.

«Ich werde natürlich das Haus noch auf eurer beider Namen eintragen lassen», sagte Mutter. «Und du, Viola, hast ja jetzt auch Geld, um das alte Pfarrhaus, wenn ihr wollt, etwas herrichten zu lassen. Und wenn ihr vorzieht, auf der Farm zu wohnen, könnt ihr's ja immer noch vermieten.»

Es war spät, als Perse aufstand und erklärte: «So, ich muß zurück in die Tretmühle.»

Johnnie erbot sich: «Ich bring dich hin.»

Mutter legte beide Hände auf die Schultern meines Verlobten, zog ihn an sich und legte ihre Wange liebevoll an die seine. «Auf Wiedersehen, Johnnie. Aber geheiratet wird auf Sark.»

Draußen gab ich ihm noch einen Kuß.

«Du», sagte er, «deine Mutter ist wirklich umwerfend nett.»

«Ja», sagte ich und fügte hinzu: «Ihre älteste Tochter ist aber auch ganz nett. Flirte nur nicht zu sehr mit Perse.»

Und dann fuhren die beiden davon.

Als ich wieder hereinkam, saß Mutter noch in der Halle und hatte zwei Gläser mit einer goldfarbenen Flüssigkeit vor sich. Sie hielt mir eines entgegen und sagte: «Komm, Liebes, Benediktiner.»

Wir stießen miteinander an, und sie sagte: «Auf dich und Johnnie.» Sie lächelte mir über den Rand des Glases zu. «Ich habe ihn wirklich sehr gern, mein Kind.»

Ich saß neben ihr auf dem Sofa. Sie nahm meine Hand und drückte sie. «Ach, Liebes, es ist doch sehr schade, daß du zurück nach Derbyshire gehst.»

Seltsam. In meinen Kakaotagen, als ich noch mit Zöpfen und im baumwollenen Nachthemd neben ihr zu sitzen pflegte, hatte ich sie geliebt und angebetet. Und nun, in der Likörära, war das nicht anders.

«Ach», sagte sie. «Wir hätten uns auf Sark noch so schön streiten können. Dein Vater tut ja auf dem Gebiet, was er kann, aber er gibt immer gleich nach. Na, jedenfalls habt ihr ja geräumige Gästezimmer, falls er sich je überwinden kann, die Stätte seiner Untaten zu besuchen.»

Eric Malpass

Und doch singt die Amsel
Roman
Deutsch von Susanne Lepsius.
288 Seiten. Gebunden und als
rororo 5684

Schöne Zeit der jungen Liebe
Roman
rororo 5037

Lampenschein und Sternenlicht
Roman
rororo 12216

Als Mutter streikte
Roman
Deutsch von Anne Uhde.
176 Seiten. Gebunden und als
rororo 4034

Liebe blüht zu allen Zeiten
Roman
Deutsch von Anne Uhde.
304 Seiten. Gebunden und als
rororo 5451

Und der Wind bringt den Regen
Roman
Deutsch von Anne Uhde.
352 Seiten. Gebunden und als
rororo 5286

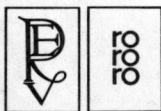

C 759/3 a

Eric Malpass

Lieber Frühling, komm doch bald
Roman
Deutsch von Anne Uhde.
256 Seiten. Gebunden

Wenn süß das Mondlicht auf den Hügeln schläft
Roman. rororo 1794

Beefy ist an allem Schuld
Roman. rororo 1984

Hör ich am Glockenschlag der Stunden Gang
Ein Roman um William Shakespeares letzte Lebensjahre.
Deutsch von Susanne Lepsius.
230 Seiten. Gebunden und als rororo 5194

Thomas Cranmer oder Die Kraft der Schwäche
Ein historischer Roman.
Deutsch von Susanne Lepsius.
352 Seiten. Gebunden

rororo

C 759/3 b

Howard Fast

Die Einwanderer
Roman. Deutsch von Karl A. Klewer
440 Seiten. Gebunden und rororo 5106

Die Nachkommen
Roman. Deutsch von Karl A. Klewer
480 Seiten. Gebunden und rororo 5262

Die Arrivierten
Roman. Deutsch von Karl A. Klewer
400 Seiten. Gebunden und als
rororo 5696

Die Erben
Die Lavettes und ihre Schicksale
Roman. Deutsch von Karl A. Klewer
416 Seiten. Gebunden und als
rororo 5765

Max
Eine spannende und bewegte Saga aus der
turbulenten Zeit, als die Bilder laufen
lernten.
Roman. Deutsch von Karl A. Klewer
448 Seiten. Gebunden

Der Außenseiter
Roman. Deutsch von Karl A. Klewer
rororo 5614

Die Tochter des Einwanderers
Roman
Deutsch von Alfred Hans.
352 Seiten. Gebunden

rororo

C 1059/7

rororo

C 740/13 a

Literatur für Kopf Hörer

«Es ist eines, ein Buch zu lesen. Es ist ein neues und recht andersartiges Erlebnis, es von einem verständigen Interpreten mit angenehmer Stimme vorgelesen zu bekommen.»
Rudolf Walter Leonhardt, DIE ZEIT

Erika Pluhar liest Simone de Beauvoir
Eine gebrochene Frau
2 Tonbandcassetten im Schuber
(66012)

Bruno Ganz liest Albert Camus
Der Fall
Deutsch von Guido Meister.
3 Tonbandcassetten im Schuber
(66000)

Elisabeth Trissenaar liest
Louise Erdrich
Liebeszauber
2 Tonbandcassetten im Schuber
(66013)

Erika Pluhar liest Elfriede Jelinek
Oh Wildnis, oh Schutz vor ihr
Keine Geschichte zum Erzählen
1 Tonbandcassette im Schuber
(66002)

Hans Michael Rehberg liest
Henry Miller
Lachen, Liebe, Nächte
Astrologisches Frikassee
2 Tonbandcassetten im Schuber
(66010)

Produziert von Bernd Liebner
Eine Auswahl
Rowohlt Cassetten
C 2321/3

Literatur für Kopf Hörer

Armin Müller-Stahl liest
Vladimir Nabokov
Der Zauberer
Deutsch von Dieter E. Zimmer
2 Tonbandcassetten im Schuber
(66005)

Walter Schmidinger liest
Italo Svevo
Zeno Cosini
Das Raucherkapitel
1 Tonbandcassette im Schuber
(66007)

Uwe Friedrichsen liest
Kurt Tucholsky
Schloß Gripsholm
3 Tonbandcassetten im Schuber
(66006)

Christian Brückner liest
John Updike
Der verwaiste Swimmingpool
Der verwaiste Swimmingpool,
Wie man Amerika gleichzeitig liebt
und verläßt
Deutsch von Uwe Friesel und Monika
Michieli.
1 Tonbandcassette im Schuber
(66004)

Christian Brückner liest
Jean-Paul Sartre
Die Kindheit eines Chefs
Deutsch von Uli Aumüller
3 Tonbandcassetten im Schuber
(66014)

Produziert
von Bernd
Liebner

Eine
Auswahl

Rowohlt
Cassetten

C 2321/3 a

Zu diesem Buch

Befremdliche Stille herrscht in dem großen Haus der Familie Kemble, als die siebzehnjährige Viola an ihrem letzten Schultag heimkommt. Etwas Unfaßbares ist geschehen: Mutter ist fort – «und nicht nur für einen Tag», erklärt Vater trocken, der über die neueste Eskapade seiner so liebenswerten wie unberechenbaren Frau offenbar kaum erstaunt ist. Wiederum dürfen sich die unzähligen Leser und Filmbesucher, die die Familie Pentecost und Gaylord, den Schlingel, ins Herz geschlossen haben, auf einen vergnüglichen Roman und eine nicht minder turbulente Familie freuen.

Eric Malpass, geboren am 14. November 1910 in Derby, war lange Jahre Bankangestellter in Mittelengland. 1947 wurde er Mitarbeiter der BBC und namhafter Zeitungen, so des «Observer», dessen Kurzgeschichten-Wettbewerb er 1954 gewann. «Beefy ist an allem schuld» (rororo Nr. 1984), die verschmitzte Geschichte eines kleinen Gauners wider Willen, wurde 1960 in Italien mit der Goldenen Palme für das beste humoristische Buch des Jahres ausgezeichnet. Eric Malpass, der verheiratet ist und einen Sohn hat, lebt als freier Schriftsteller in Long Eaton/Nottingham.

Von Eric Malpass erschienen außerdem: «Morgens um sieben ist die Welt noch in Ordnung» (rororo Nr. 1762), «Wenn süß das Mondlicht auf den Hügeln schläft» (rororo Nr. 1794), «Fortinbras ist entwischt» (rororo Nr. 4075), «Liebt ich am Himmel einen hellen Stern» (rororo Nr. 4875), «Schöne Zeit der jungen Liebe» (rororo Nr. 5037), «Unglücklich sind nicht wir allein» (rororo Nr. 5068), «Hör ich im Glockenschlag der Stunden Gang» (rororo Nr. 5194), «Und der Wind bringt den Regen» (rororo Nr. 5286), «Liebe blüht zu allen Zeiten» (rororo Nr. 5451), «Und doch singt die Amsel» (rororo Nr. 5684), «Lampenschein und Sternenlicht» (rororo Nr. 12216), «Die Gaylord-Romane» (Rowohlt 1972), «Lieber Frühling, komm doch bald» (Rowohlt 1974), «Thomas Cranmer oder Die Kraft der Schwäche» (Rowohlt 1986) und «Wenn der Tiger schlafen geht» (Rowohlt 1989).